Jubilee
ジュビリー

作 パトリシア・ライリー・ギフ
訳 もりうちすみこ

さ・え・ら書房

ジュビリー

2015年5月8日に生まれ出て、5週目には、
もうわたしの処女作《しょじょさく》をじっと聞いてくれた
ヘイリー・エリザベスに、愛と歓迎《かんげい》の気持ちをこめて。

また、ヘイリーの母親で、
わたしたち家族をさらに幸せにしてくれた
クリスティーン・エリザベスに、感謝の気持ちをこめて。

夏の終わり

Summer's End

1

きょうは、最後の自由な一日。あすからは、学校だ！

栈橋《さんばし》にすわって、海に足をぶらさげた。手には、いつもの大きめのメモ帳と色鉛筆《いろえんぴつ》。

ひとりでに手が動いて、紙の上に女の子が現れる。赤い髪《かみ》に緑色の目。ちょっぴり濃《こ》いまゆに、とんがった鼻。クルクルパーマの鳥の巣みたいな頭。

これって、わたし？　ジュディス・アン・マギニス？

でも、何か足りない。

鉛筆《えんぴつ》で、トントン、紙をたたきながら考えた。

そうよ、口がないのよ。

でも、鉛筆《えんぴつ》は宙《ちゅう》に浮《う》いたまま。

ベリッと紙をやぶりとると、クシャクシャに丸めて、海に放った。

赤《あか》ん坊《ぼう》を放りだす母親って、こんな感じ？

暑い。

岩かげにメモ帳と鉛筆《えんぴつ》をかくして、桟橋《さんばし》から海の中にすべりこんだ。おだやかな波に揺《ゆ》られながら、ヒトデの形に指を広げ、水中の貝殻《かいがら》をつかむ。

とつぜん、頭上でものすごい音。桟橋《さんばし》をだれかが全速力でかけていく。

「にがすもんか！　まてー!!」

え？　わたし？　思わず水にもぐったが、またすぐに頭をだして耳をすました。足音は桟橋《さんばし》の先へと通りすぎた。

わたしじゃなかったんだ。

「うわー！」だれかがさけんで、大きな水音がつづいた。

ささくれだった支柱にかくれながら、のぞきみる。

いったい何ごと？

「ざまあみろ、メイソン！　二度とおれの本にさわるなよ！　手あかまみれにしやがって」

メイソン。知ってる。あのだらしない男の子。いつだったか、お兄さんのジェリーととっくみあって、丘《おか》を転がっていった。上になったり下になったり、全身、泥《どろ》と草のしみだらけになって。

桟橋《さんばし》のすき間から見上げると、ジェリーが意気揚々《いきようよう》と帰っていく。

海にとびこんだメイソンは、水面に顔をだし、せきこんでいる。ひたいに髪《かみ》の毛が張りついた顔は、まるでマンガだ。

メイソンは泳いで桟橋《さんばし》をまわり、向こうの砂浜《すなはま》へはいあがると、そのままどこかへいなくなった。

わたしは、ふたたび桟橋《さんばし》にあがって、頭をふって髪《かみ》の水気をとばした。大すきなこの小さな島。遠くにメイン州の海岸が紫色《むらさきいろ》にけむり、フェリーが入ってくるたびに、ゴトゴトと船着き場に船体がぶつかる音が聞こえてくる。

そのフェリーで、母さんは島から去っていった。よちよち歩きのわたしを、コラおばさんの家の玄関先《げんかんさき》に、めんどうな洗濯物《せんたくもの》みたいにドサッとおいて。

それ以来、母さんは、クリスマスにはプレゼント、誕生日《たんじょうび》にはカードを、アメリカ東海岸沖《おき》のこの小さな島まで送ってくる。消印は、ミネソタ州のオークデール、カリフォルニア州のヴィスタ、アップルヴァレーと、来るたびにちがった。結びのサインも、「ママ」だったり、「母さん」だったり、名前で「アンバー」だったり。どう名乗ればいいのかも、わからない人らしい。

小さなモーターボートが、波をけたてて走りすぎた。と思うと、男がエンジンをとめ、ふりむいてさけんだ。

「おーい、そこの子！」

わたしは手を上げた。

「犬、いるか？」

上げた手を下ろさないうちに、男は一匹《いっぴき》の犬をつかみだし、ポーンとこちらへ放った。

「もう飼えねえんだ」

いうなり、男はエンジンをかけ、ボートは沖《おき》へ向かってフルスピードで走り去った。

ボートが残していったうねりと闘《たたか》いながら、犬がけんめいに泳いでいる。

かわいそうに！

とっさに桟橋《さんばし》の先端《せんたん》へかけていって、そのまま海にとびこんだ。

このあたりは、岸から沖《おき》へ強い流れがあるけど、わたしはへっちゃら。泳ぎは、フェリーの船長、ギデオン仕込《じこ》み。三歳《さい》のころには、もう魚みたいに泳いでいたもの。

「まず、流れに乗って泳ぐ。そのあと、流れのわきへ出て、もどってくる。流れに逆らっちゃ、だめだ」

でも、犬は流れに逆らって、必死で岸に泳ぎ着こうとしている。あのようすじゃ、もう相当につかれている。今にどんどん沖《おき》へ流され、外海へ出てしまうだろう。

しゃべることはできないけど、泳ぎならだれにも負けない！　わたしは、大きく水をかき、強くけって泳いでいった。

犬まで泳ぎ着いて首輪をつかんだが、青い首輪は細くて、すぐに切れてしまった。わたしは毛をつかんで犬を引きよせると、片手《かたて》で犬の首を抱《だ》き、岸に向かって泳ぎだした。

2

犬とわたしは、暖《あたた》かい砂浜《すなはま》に寝転《ねころ》がっていた。犬は、大きな黒い目で、じっとわたしを見ている。

毛が乾《かわ》いたら、ブラシですいてやろう。わたしの髪《かみ》とそっくりの色か、もう少し明るい赤毛になるはず。

犬は寒さでふるえている。というより、不安なんだ。わたしは砂《すな》の上を転がっていって、犬を抱《だ》きよせて温めた。

飼いたい？　もちろんよ！　きっと、コラおばさんも喜んで飼うのをゆるしてくれる。もつれた毛に口づけするように、わたしは犬にささやいた。

「家ができたよ、ワンちゃん。ボートのあのひどいやつには、もう二度と会わなくていいからね」

声にならないささやきだから、犬には聞こえない。わたしが声を出せる場所はたったひとつ。丘《おか》の上の、ツタにおおわれた別荘《べっそう》の中だけ。でも、犬にささやくうち、幸せがシロップみたいにからだにしみこんできた。犬も、そんな顔をしている。

そのとき、ふと思いだした。けさ、コラおばさんが、朝ごはんのテーブルで慎重《しんちょう》に切りだした話。

「新学期からはね、あなた、新しいクラスに入ることになってるの。五年生の普通《ふつう》クラス。男女合わせて十三人だそうよ」

え？　特別クラスじゃないの？　じゃあ、もうレーヒー先生と四人のクラスメートとは、別々？

わたしの心の声にこたえて、おばさんはつづけた。

「だって、普通《ふつう》クラスでいけないわけないじゃない？　話すことはできなくっても、ほかのことはなんだってできるんだもの」そして、いちいち指を折って数えはじめた。「本はたくさん読むし、計算はわたしより速いし、それに絵を描《か》く腕《うで》はプロ級だし」おばさんがわたしをキュッと抱《だ》いた。「何よりたいせつなのは、もっとたくさんの子と接すること。友だちをつくることよ、ジュビリー」

ジュビリー――「このうえない喜び」と、おばさんはわたしを呼《よ》ぶ。「あなたがいるだけで、毎日がお祝いなの！」

このわたしが、お祝い?!　たいしたお祝いだ！

特別クラスのレーヒー先生は、わたしをジュディと呼《よ》ぶし、フェリーの船長、ギデオンは、わたしのことをピッピと呼《よ》ぶ。わたしが「長くつ下のピッピ」みたいな赤毛だから。そして、ソフィーの五歳《さい》の弟は、「しゃべんない子」と。

ああ、ソフィーのことは……。

一年生に上がる前、ソフィーとわたしは大のなかよしだった。庭を掘《ほ》りかえしてあそんだり、石を積んで家をつくったり、それがこわれると大わらいしたり。

でも、ある日、ジェンナがソフィーにいった。

「なんで、あんなヘンな子とあそんでんの？　ジュディスって、ぜんぜんしゃべんないじゃん」

それからは、ソフィーと石の家をつくることも、あそぶこともなくなって……。

わたしは立ち上がると、びしょぬれの半ズボンのすそをしぼった。となりで、犬も胴《どう》ぶるいして、しぶきをとばしている。

そうだ、一度見ておこうか。その五年生の普通《ふつう》クラスの教室。

岩かげからメモ帳をとりだし、海岸通りを歩きだした。が、犬がついてこない。不安げにゆらゆらしっぽを揺《ゆ》らしながら、こっちを見ている。

わたしは犬のところまでもどって、なでてやった。頭から背中《せなか》へ、背中《せなか》から尾《お》の方へ、両手でたっぷりと。わたしたち、仲間よ。わかるよね。

二、三メートル歩いてみた。犬は目で追うだけ。まだ動かない。でも、とうとう一歩前足をだすと、あとはもう、わたしと並《なら》んでかけだした。

学校の裏門《うらもん》から入り、校庭側の窓《まど》から、今度の教室の中をつま先立ってのぞいてみた。机《つくえ》が散《さん》乱《らん》し、黒板は白くよごれている。

知らない先生が、黒板の前を足どりも軽く歩いている。黄色がかった茶色の巻《ま》き毛《げ》が揺《ゆ》れる。こちらにちらっと目をやると、黒板に書いた。

わたしは、担任《たんにん》のクワークよ。

それから、その下に、こう書き足した。

クラスへ、ようこそ！

わたしに書いてくれたの？　先生に手をふろうと、手を上げたときだ。

バーン！

後ろからボールがとんできて、すぐそばの窓枠《まどわく》にあたった。

ふーっ、あぶなかった。

はねかえったボールが、校庭へ転がっていく。

ふりかえると、メイソン！

どうして、わたしにボールをぶつけようとしたの？　まったく！　お兄さんが怒《おこ》って追いかけるのも当然だ。

わたしは、犬の背《せ》をポンとたたいて合図すると、いっしょに学校から走り出て、石ころだらけの坂を丘《おか》の上の別荘《べっそう》へとかけのぼっていった。

別荘《べっそう》といっても、今は、持ち主にすてられたボロボロの家。屋根は落ち、全体をツタがすっぽりおおいかくして、そこに何があるかもわからないほど。だからこそ、わたしがひとりじめできるのだ。

坂を半分ほど登ったところで、犬が立ちどまった。鼻をうごめかし、しっぽをぴんと立てている。

何か聞きつけた？

まさか、メイソンが追ってきてるんじゃ……、と思ったとき、犬が見つけたものに気がついた。

地面に大きな石が並《なら》んでいて、その上に木の枝が乱雑《らんざつ》に積まれている。

だれかの隠《かく》れ家《が》？

それにしても、なんと雑な。

枝のすきまから、顔がのぞいた。淡《あわ》い茶色の髪《かみ》に青い目、頬《ほお》には数えきれないほどのそばかす。ソフィーの五歳《さい》の弟、トラヴィスだ。前歯の一本ぬけた口でわたしにわらいかけると、木の葉をガサガサ鳴らして、また枝のあいだにかくれた。

犬が、その隠《かく》れ家《が》の前にすわって、「あそぼうよ」とでもいうように、あまえた声を上げる。

とうとう、トラヴィスがまた顔をだしたが、人さし指をくちびるに押《お》しあて、「シーッ」。

わたしは、トラヴィスにうなずいてみせた。きっと、姉のソフィーからにげてきたんだ。トラヴィスは、年がら年じゅう姉からにげていて、ソフィーが大声でトラヴィスを呼《よ》んだり、するどく口笛を吹《ふ》いたりしてさがしてるのが、よく聞こえる。ときどき、トラヴィスのわらい声も。

「入っていいよ、しゃべんない子。ここ、ぼくの一番すきな場所。でも、秘密《ひみつ》だよ。ソフィーに見つかったら、家につれてかれて、顔、ゴシゴシ洗《あら》われて、数の勉強《べんきょう》させられるから。ソフィーは、すごーく威張《いば》ってて、命令ばっかりするんだ。ぼく、もう大きいのに」

犬とわたしは腹《はら》ばいになって、隠《かく》れ家《が》の中に入っていった。トラヴィスがすわったそばには、表紙のやぶけた本が一冊、食べかけのオレンジの入った紙袋《かみぶくろ》、しわくちゃの紙と鉛筆《えんぴつ》が転がっている。

「ぼくが本を読んでるところ、描《か》いてもいいよ」

紙のしわを伸《の》ばし、わたしは描《か》いた。クルクル巻《ま》き毛《げ》の男の子が、にこにこしながら、本を逆さに開いて読んでいる絵を。そのあいだトラヴィスは、しゃべらない女の子の話を出まかせに語る。

ふいに犬が首を起こした。トラヴィスが、はっと口をおおった。

枯《か》れ葉《は》を踏《ふ》みしだいて、すぐそばを通りすぎたのは、メイソン。ちょっと目を落とせば、わたしたちが見えたはず。でも、気づかずに行ってしまった。

メイソンは、なぜわたしにボールを投げつけたんだろう？　ただ意地悪したくて？　たぶんね。とにかく、近づかないのが一番。

わたしは自分の絵に、ジュディス・マギニスとサインしてトラヴィスに渡《わた》すと、犬といっしょに別荘《べっそう》へ登っていった。

3

高く伸《の》びた雑草の海を、かきわけながら進むと、目の前に、ぬけた前歯のような空間がぽっかりと現れて、別荘《べっそう》の玄関《げんかん》ステップに行き当たる。壁のあちこちにあいた穴《あな》は、こぶしが入るほど大きい。

ペンキのはがれたドアを押《お》しあけ、そのまま居間へ入っていった。犬は顔を上げて、はじめての場所に鼻をうごめかしている。まだ成犬にはなってないけど、もう子犬じゃない。どこで飼われていたんだろう？　ここまで育った犬を、あの飼い主はよくも手放せたものだ。

めくれかけた壁板《かべいた》をさわりながら、寝室《しんしつ》へ入っていく。おきっぱなしのベッドには花柄《はながら》のベッドカバー。でも、ふちは小さく食いちぎられてギザギザ。たぶん、この家のネズミが寝床《ねどこ》に使《つか》ってるんだ。

わたしは古い鏡台の前にすわった。銀色に変色した鏡には、ひびが一本。それでも、なんとか顔はうつせる。

「ねえ」呼《よ》びかけた声は、かすれていた。たぶん、ここでしか声が出せないせいね。

鏡にわらいかけ、白雪姫《しらゆきひめ》の意地悪な継母《ままはは》をまねる。

「世界一の美人は、だあれ?」

「世界一どころか、あなたは美人とも呼《よ》べません」とわたしは自分でこたえた。

犬がふらりと入ってきて、わたしのそばにすわった。

わたしは鏡に頭をあずけた。倒《たお》さないように、そっと。ソフィーがわたしをヘンな子って思うのも、無理はない。人にはしゃべらないで鏡に話しかけるなんて、やっぱり、どっかおかしい。母親にさえ、おきざりにされるような子だもの。

でも、学校の心理療法士《しんりりょうほうし》のカウフマン先生は、どこもおかしくないと思っている。コラおばさんも。

わたしは、犬のやわらかな鼻づらをさわった。

「すきよ、ワンちゃん」ささやいて、自分でもおどろいた。犬には話せるんだ!

「わたし、ヘンな子じゃないよね?」

犬が、わたしの手首に軽くキスした。

わたしは鏡をのぞきこんで、歌った。船長のギデオンのような低い声で、ギデオンが歌っていた歌を。でも、歌詞《かし》はわすれたから、ハミングで。「ラ、ラ、トラーラ」

犬が、ぎゅっと目をつむる。

え？　わたし、世界一の音痴《おんち》？

わたしは鏡に話しかけた。

「ねえ、お願い。わたしをふつうの子にして」

そばで、犬がだらりと舌をだし、ハーハーいっている。のどがかわいてるのね。そういえば、わたしもからからだ。

タイルのはがれた廊下《ろうか》を通って、裏口《うらぐち》から外に出た。林の中の大きな池をぐるっとまわってかけていって、向こう側から岸に下りた。犬が先に飲み終わるのを待って、水辺にかがむ。たれかかる髪《かみ》を片手《かたて》で押《お》さえ、澄《す》んだ水面《みなも》に口をつけて冷たい水をすいこんだ。

犬がチョウを追いかけているあいだに、岸に腰《こし》を下ろして絵を描《か》いた。それから、わたしたちは家に向かった。

コラおばさん、この犬を見て、なんていうだろう？

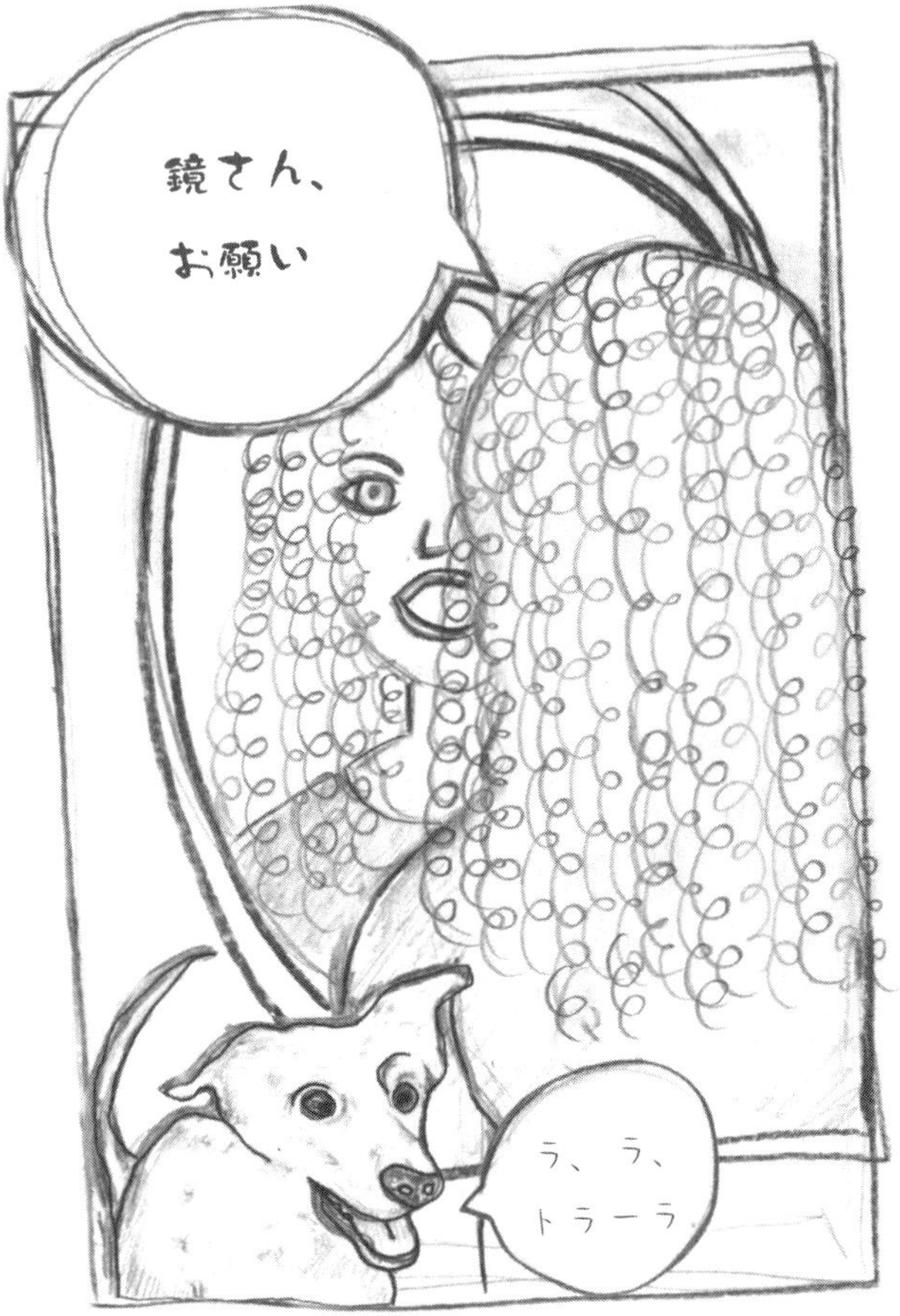
鏡さん、お願い
ラ、ラ、トラーラ

新学期

School Begins

4

「ジュビリー！　準備はぜーんぶできてるわよ」

コラおばさんの声で、目が覚めた。

ふとんの上の犬も起きて、伸《の》びをしている。

きのうの午後、犬といっしょに台所に入っていくと、コラおばさんは、すぐにひざをついて、犬をなでてやった。

「今まで、なんで気づかなかったのかしら。そうよ、わたしたち、犬がほしかったのよ」

わたしは、メモ帳に、ボートの男が犬を海に放ったようすを描《か》いてみせた。おばさんは「そんなひどいことを?!」と目を見開いて、犬の耳をしきりになでた。

おばさんが、ボウルに残り物のミートローフを入れてやると、犬は、がつがつとあっというまに食べてしまった。そんなにおなかがすいていたなんて！　なんでもっと早く気づいてやらなかったんだろう。

きょうから、とうとう、新学期。タンスの上には服がそろえられている。新しいジーンズと紫色《むらさきいろ》のブラウスに、おそろいのヘアピン。

ベッドから出て、犬を抱《だ》いた。犬は元気にしっぽをふった。幸せなんだ。きょうがわたしにとって悲しい日だなんて、わかんないよね。

新しい服に着替《きが》えると、手になじんだメモ帳をつかみ、自分にいいきかせた。

あんたは、きっとだいじょうぶ。

テーブルについたわたしの前に、コラおばさんがホットケーキをさしだした。ブルーベリーを並《なら》べて、にこにこ顔が描《か》いてある。そして、やっぱりこういった。

「だいじょうぶ。きっと、すばらしくうまくいくわ、ジュビリー」

おばさんがテーブルの向こうから身を乗りだすと、ふっと庭のバラのかおりがした。

「きょう一日だけよ。そしたら、週末は丸々お休み。また学校がはじまるまで、うんと時間があるんだから」

犬が台所に入ってきた。おばさんは、かがんで犬をなでてやった。

「ほんとにいい子。うちにぴったりだわ」

それから、立ち上がって、わたしのホットケーキの皿に、ブルーベリーを二個入れ足した。「きょうは、願いごとがふたつよ」

わたしは、指を二本立てると、メモ帳をとって、男の子の絵を描《か》きはじめた。ずぶぬれで、口はへの字、意地悪そうな目つきの男の子。そして、その上に大きなバツをつけた。

「いじめっ子なの？」とコラおばさん。

わたしは、スプーンにメープルシロップをとると、男の子の頭の上にボトッとたらしてやった。おばさんが、いたずらっぽくにっこりする。これが、ひとつ目の願いだ。

おばさんが、ふたつ目を待っているので、今度は、ぐりぐり目玉の大きな魚を描《か》いた。

「ああ、釣《つ》りね。そうね、きょう、行けるといいわね」

おばさんは、ブルーベリーを一個、口に放りこんでいった。

「わたしの願いは、台所の床《ゆか》の張《は》り替《か》えと、バイクよ」

今度は、わたしがにやにやする番。コラおばさんが、バイク？　たぶん、願いはそれだけじゃないんじゃないかな。

でも、おばさんはすましてつづけた。

「わたしは速いのがいいの。ぐずぐずしたり、ぐだぐだ考えたりするのは、いやになったの。バイクをぶっとばして島じゅうを……」

おばさんがことばに詰《つ》まり、あとは、ふたりとも大わらい。

朝食がすむと、わたしはメモ帳をポケットに押《お》しこみ、犬のために、タンスの中から小さいころに使っていたチェックの毛布をさがしだした。

きょうのところは、これで間に合うだろう。

その毛布と水を一本、それにプラスチックのボウルをリュックに詰《つ》めこんで、出かけようとするわたしに、おばさんがいった。

「新しいクラス、きっと気に入るわよ。まあ、しばらくようすを見て」

しばらくようすを？　そういうのは得意じゃない。でも、ふと思いだした。巻《ま》き毛《げ》のクワーク先生と、黒板に書かれた「クラスへ、ようこそ」の黄色い文字。そうね、今回は、おばさんのいうとおりかも。

窓《まど》の外を見ると、メイソンが丘《おか》をとぼとぼと登っていく。

学校は？　まさか、別荘《べっそう》へ？

思わずくちびるを噛《か》んだ。でも、メイソンが行くのをとめるわけにはいかない。別荘《べっそう》は、わたしのものじゃないんだし。

玄関《げんかん》で、コラおばさんは、わたしの髪《かみ》の毛をなでつけ、サラミサンドイッチの紙袋《かみぶくろ》を渡《わた》してくれた。わたしの一番すきなサンドイッチだ。

「桃《もも》も一個入れといたわ。あなたを一日じゅう、にこにこさせておきたいから！」

わたしは、おばさんのやわらかい頰《ほお》にキスをした。

「途中《とちゅう》まで、いっしょに行こうか？」と、ためらいがちにおばさんが聞く。

わたしは首をふった。

ひとりでだいじょうぶよ。

犬といっしょに、ソフィーの家の前の道を通り、校庭のわきに立っているカエデの木までやってくる。

張りだした低い枝の下に、もってきた毛布を敷《し》くと、犬は、毛布の上で丸くなって目を閉《と》じた。

ほんとに、すごい犬！　こちらがどうしてほしいのか、ちゃんとわかってる。

ボウルに水を入れて、そばにおいてやった。

この場所なら、たぶん教室からも見える。わたしが学校にいるあいだは、こうしてやるのが精いっぱいだ。

校舎《こうしゃ》に入ると、もう生徒たちが廊下《ろうか》を走りまわり、ドアを乱暴《らんぼう》に開《あ》け閉《し》めしていた。十四番教室にとびこんでいく子もいる。でも、わたしは、カタツムリみたいにのろのろと歩いて教室に向かった。

「よく来ましたね、うれしいわ」わたしが入るなり、クワーク先生がそういって迎《むか》えた。わたしはただうなずいて、壁《かべ》の方へ歩いていった。

ソフィーはどこだろう？

「おはよう、よく来たわね」と、つぎに入ってきたハリーにも、先生はいった。

「ああ」とハリーはこたえたが、顔には「来たくなかったんだけどな……」と書いてある。

クワーク先生は、カードに生徒の名前を書いて、机《つくえ》に一枚ずつおいていた。

「自分の名前をさがしてちょうだい。そこが、あなたの席ですよ」

窓際《まどぎわ》の机《つくえ》に、わたしの名前があった。

よかった！　窓《まど》から、カエデの木も、その下の犬も見える。

最後に、メイソンが息を切らして教室に入ってきた。顔を見たとたん、船着き場で魚のえさを売ってる男を思いだした。意地悪そうな、貧相《ひんそう》な男。大きな魚に食われてしまうと知りながら、えさ用のちっちゃな魚を売り歩いている、血も涙《なみだ》もない男だ。

メイソンが、わたしのとなりの席にすべりこんだ。シャツにはパンくずがくっついている。すわるとすぐ、机《つくえ》の下の横木をけりはじめた。片方《かたほう》のスニーカーのつま先に、マジックでＪＷの文字。お兄さんのジェリーの頭文字だ。

メイソンは、足長グモみたいにひょろひょろにやせていて、ひざがしらは、こぶみたい。わたしは、それきり顔をそむけて、えさ売り男そっくりの顔ときたならしいシャツの方は、二度と見なかった。

クワーク先生は、教卓《きょうたく》のはじにちょこんとすわると、生徒みんなを抱《だ》きしめるように、両腕《りょううで》を広げた。

「わたしは、教師になったばっかりなんです。しかも、この島に来たのも、はじめて。この一年、はじめてのこと、たくさんしましょうね」ブレスレットが、チリンと鳴った。

はじめてのこと？　それなら、わたしは母さんに会いたい。ソフィーとまた友だちになりたい。しゃべりたい！

心理療法士《しんりりょうほうし》のカウフマン先生は、会うたびにいう。

「すべてが、かどを曲がったすぐそこで、きみを待ってるんだよ。ジュディス、きみは、ただ、かどを曲がればいいんだ」

でも、どうやって？

5

空は、雲ひとつない青空。こんな日は、授業なんかやめて、外にあそびに行くのが一番。でも、クワーク先生は、空なんか興味がないようだ。

「みなさん、椅子《いす》をもって前に集まってちょうだい。今から自己紹介《じこしょうかい》して、おたがいのことを知りましょう」

牛の群れの大移動みたいに、みんな、われさきに椅子《いす》を引きずって前に向かった。

ハリーとコナーは、今さらおたがいのことを知りたくもないらしく、机《つくえ》についたまま、鉛筆《えんぴつ》と消しゴムでホッケーをつづけている。

「シュート！」コナーがさけんだ。

消しゴムが教室の向こうまでふっとんでいって、窓《まど》の外をながめていたメイソンをかすめた。

さあ、どうする？

でも、メイソンは、ふりかえってにやっとわらっただけ。

怒《おこ》らないなんて、ヘンじゃない？　わたしには思いっきりボールをぶつけようとしたくせに。

教室は、どんどんうるさくなっていく。黒板の前では、マディーが十一年間の人生を語っている。みんなは、こそこそおしゃべりしている。だって、退屈《たいくつ》きわまる人生なのだ。

教室のドアがあいている。今わたしが廊下《ろうか》に出ても、きっとだれも気づかない。すばやく外に出て、犬が無事かどうかたしかめてもどってきても、マディーの自伝はまだ幼稚園《ようちえん》あたりじゃないかな。

白いタイルの床《ゆか》を見つめたまま、わたしはドアからしのび出た。廊下《ろうか》はシーンと静か。夏休み中の空っぽの校舎《こうしゃ》のようだ。

廊下《ろうか》を半分ほど進むと、大きな窓《まど》がある。いつもは雨だれでひどくよごれているのに、休み中に用務員のシローさんがふいてくれたんだろう。きょうはガラスがピカピカだ。でも、シローさんに見つからないようにしなきゃ。見つかったが最後、勉強がどんなに大事か、お説教されながら、教室につれもどされるにきまってるから。

ガラス窓《まど》に顔をよせると、犬が寝《ね》ているのが見えた。

おや、ソフィーだ。ソフィーがトラヴィスをつれて校庭を横切ってくる。トラヴィスは泣きじゃくっている。

「やだ！　学校、行かない！」引きずられながら、足をめっちゃくちゃにけりあげていたが、とうとうソフィーの足にあたった。

「痛《いた》いじゃないの！　トラヴィス」ソフィーがかがんで、ひざをさすっている。

コラおばさんの友だちが、いつか話してたっけ。

「もともとトラヴィスはきかん坊《ぼう》だけど、あの子の母親が本土で働くようになってからは、なおさらね。夜勤《やきん》の看護師《かんごし》でしょ？　睡眠《すいみん》は、昼間の二、三時間だけだって。まったくねえ！」

覚えてる。わたしも夜、母さんに会いたくて泣いていた。そんなときコラおばさんは、わたしのベッドの端《はし》にすわって、ハミングしながら、大きなあったかい手でわたしの手を包んでくれた。

トラヴィスにも必要なのよ、コラおばさんみたいな人が。

ソフィーが、幼稚園《ようちえん》クラスのドアまでトラヴィスを引っ張ってくると、廊下《ろうか》は、たちまちさわがしくなった。トラヴィスは、廊下《ろうか》の壁《かべ》にしがみついて、だだをこねている。

ソフィーはほんきで怒《おこ》っている。

「中に入んなきゃダメなの！　トラヴィス。あたしまで遅刻《ちこく》してんのよ！」

もし、わたしがそばに行けたら、トラヴィスの肩に手をおいて、気持ちが落ち着くまで、やさしくゆすってやるんだけどな。だって、トラヴィスの気持ち、わかるもの。トラヴィスだって、すきでだだをこねてるわけじゃない。ただ、学校に行く勇気が出ないだけなのだ。わたしも同じだった。学校が、ものすごく大きく見えた。しかも、知らない顔ばっかり。みんなはどうすればいいかちゃんと知ってて、迷ってるのはわたしだけだと思えたものだ。

わたしは、ふたりに近よっていった。トラヴィスがこちらをふりむいた。でも、ソフィーがトラヴィスの前に立ちはだかった。ジェンナのことばがよみがえる。

「なんで、あんなヘンな子とあそんでんの？」

わたしは、それ以上近づかず、何か手伝おうか?と、手をさしだした。

「だれも、あんたなんかいらないわよ」

ソフィーの声は、ほとんど聞こえないくらい小さかった。でも、わたしの目にはみるみる涙《なみだ》があふれてきた。廊下《ろうか》を出口まであとずさって、ドアに手をかけた。

丘《おか》へ行こう。丘《おか》の上から、白波の立った海をながめよう。海面すれすれにとびかうシラサギを見よう。

重いドアを押《お》しあけ、外に出た。涙《なみだ》をふいてから、校庭を横切り、犬のところまでかけていった。犬の頭に手をおくと、犬はすぐに起き上がって、わたしについてきた。校門を出て、ふたりで丘《おか》を登っていく。

だれにも見られなかった。わたしがぬけだしたことは、だれも気づいていない。丘《おか》に着いたら、別荘《べっそう》の玄関先《げんかんさき》にすわって絵を描《か》こう。とにかく、ソフィーがいったことは考えないようにしなくちゃ。

「だれも、あんたなんかいらない」なんて。

おーい、

めんどうなことになるよ！

6

別荘《べっそう》の裏《うら》の池まできて、ひと息ついたとき、前に、カウフマン先生がいったことばを思いだした。先生はわたしの友だちみたいなものだ。

「悲しみからにげおおせるほど、ぼくらの足は速くないんだ」

ほんとにそうね！　先生のいうことは、いつもあたってる。それなのに、たった今わたしがやろうとしていたのは、まさにそれなのだ。

日光がまぶしい。わたしは、ごわごわした新品のジーンズをやっとぬぎ、ヘアピンをはずし、池の中にすべりこんだ。犬は、池のふちに立って見ている。犬へ手をさしのべて、ここ、安全よ！と教えたが、犬はそのましゃがんで、やっぱり見ている。

顔を水にくぐらせ、クロールでゆっくりと向こう岸へ泳ぎだす。わたしは自分にいい聞かせた。今は夏、学校は夏休み、校舎《こうしゃ》にはかぎがかかってて……。

この冷たい水のことだけを考えればいいのよ。それから、コラおばさん、ギデオン。それに、わたしの犬、ビロードみたいな犬の耳。

しかも、きょうは金曜だ。月曜まで学校はなし！　ギデオンが、あすの夜、ボートに乗せてやるっていってたし。きっと、よくひびく声で歌うよ。魚にも聞かせるんだって。

池の真ん中に浮《う》かんで、母さんのことを考えた。写真は見たことがあるけど、母さんのすがたはよくわからない。一枚の写真は、後ろを向いてたし、もう一枚は、頭が切れてた。あとの一枚はピンボケ。だから、想像して何十枚も絵を描《か》いた。髪《かみ》は長い？　わたしと同じ赤毛？　背《せ》は高い？　低い？　やせてる？　それとも、コラおばさんみたいな小太り？　わたしは母さんの絵に、マンガみたいな吹《ふ》きだしもつけた。

「ジュディス、会えなくてさびしいわ」

「わたしがあなたと別れたのは、とんでもないまちがいだった」

「すぐ帰るからね」

ああ、もし、母さんに便りが出せるのなら、絶対こう書くのに！

「母さんが帰ってきてくれたら、わたし、すっごくいい子にする」

犬のところへ泳ぎもどった。水から出ると、やっぱり寒い。ふるえながら急いで服を着て、犬といっしょに別荘《べっそう》の玄関《げんかん》まで歩いた。コオロギがかすれた声で歌っている。頭上の鳴き声に見上げれば、ガンの群れが高くVの字になってとんでいく。

わたし以外のものは、みんな、声を立て、しゃべってるっていうのに……。

玄関《げんかん》までできて、思わず立ちどまった。

あれ？　おかしい。きのうここを出るとき、ドア、閉《し》めなかったっけ？

いや、閉《し》めたはずだ。だって、オポッサムやアライグマが入ってくると困《こま》るから、いつも気をつけて閉《し》めてるもの。小さな秘密《ひみつ》の穴《あな》から自由に出入りしているネズミやシマリスが、安心して暮《く》らせるように。

だれかが、ここに来た？

わたしは、しのび足で居間に入っていった。隅《すみ》に吹《ふ》きよせられている細かい砂《すな》は、たしか、きのうもあった。白木の板壁《いたかべ》の台所も変わりはない。ガスレンジのドアは、ネズミが閉《と》じこめられないように開け放したままだ。

でも、廊下《ろうか》には変化があった。砂《すな》の積もった床《ゆか》の上に、靴《くつ》のつま先、スニーカーのつま先らしい足跡《あしあと》がついていた。ほんのちょっぴりだけど。

だれかが、ここに入ったんだ。

寝室《しんしつ》のドアにもたれて、銀色がかった鏡台のほか、ほとんど何もない部屋の中をのぞいた。

いったいだれが来たんだろう？

手がかりをさがす時間はなかった。フェリーの汽笛が鳴ったから。ギデオンが、船着き場にフェリーを着岸させたのだ。聖《せい》パスカル教会の鐘《かね》も鳴った。

一日が、もうすぐ終わる。

玄関《げんかん》のドアをしっかり閉《し》めながら、わたしは、ちょうどいい石はないかと見まわした。

あった。わき道のところに、一個。わたしがなんとか転がせて、だれも見のがせないほど大きい石が。

これは、わたしからの警告《けいこく》だ。

「だれだか知らないが、近よるな。ここはおまえの来るところじゃない」

石をゴロゴロ転がして、玄関《げんかん》のドアにぴったりつけた。そこらにからまったツタをごっそり引っ張ってきて、それにかぶせた。それから、犬といっしょに、家に向かって歩きだした。コラおばさんより早く家に帰りつかなくちゃ。今ごろ、おばさんは、教会の祭壇《さいだん》の花びんに白と黄色の菊《きく》を生けているところだろう。

おや？　だれ？

だれかが、家の前の石垣《いしがき》に腰《こし》かけている。急に立ちどまったので、わたしは犬のしっぽを踏《ふ》みつけるところだった。

クワーク先生！　先生はわたしを見ると、石垣《いしがき》からポンととびおりて、ちょっと伸《の》びをした。犬も、こりゃ何か起きるな、と思ったんだろう。わたしを守るように前にまわってくると、後ろ足をわたしの足にのせた。

クワーク先生がいった。

「わたしも、十一歳《さい》のとき、そんな犬を飼ってたのよ。名前はプリンセス」

どうして犬の話なんか？　ほんとうは、わたしが学校をぬけだしてどこへ行ってたかが、知りたいんじゃないの？

犬が、わたしの足の上にすわって胸《むね》を張り、先生と向かい合った。

教会の鐘《かね》が一回。四時半だ。

「一日じゅう、あなたの席があいてるのを見るのは、さびしかったわ」

わたしは、まともに先生の顔が見られなかった。

先生の話し方は、やさしかった。

「わたし、この島で教えるために、この国を横断してきたのよ」

え？　じゃあ、カリフォルニアに行った母さんと同じってこと？

「ジュディス、あなたの力になりたいの」ちょっとためらってから、先生はつづけた。「でも、あなたが、きょうみたいに学校から出ていっちゃうと、わたしもあなたも、困《こま》ったことになるの。きょう、校長先生が教室に来られてね、あなたがいないのがわかってしまったのよ」

校長先生が？　たいへんだ。

「この一年を、すばらしい年にしましょう。おもしろいこと、たくさんできるわ。教室の中でも、外でも」

先生は二枚の紙をとりだした。

「一枚は、校外学習のための保護者の同意書。もう一枚は宿題よ」

わたしは、のろのろと先生に近づいて、紙をうけとった。でも、先生の話は、それで終わりじゃなかった。

「ジュディス、だれにも秘密《ひみつ》の世界はあるものよ」

秘密《ひみつ》?! 別荘《べっそう》と銀色の鏡みたいな?

「この島には、野生の生き物がものすごくたくさんすんでるわ。シカでしょ、コヨーテでしょ、それに、いろんな鳥がいるし、魚もたくさん!」先生は、数えきれない!というふうに両手をふった。それから、にっこりしていった。

「そんな生き物の秘密《ひみつ》、調べたくない? どこにすんでいるかとか、そうね、夕ごはんには何を食べるかとか」先生が首をかしげながらつづける。「だって、その生き物のことをちゃんと知らないと、その生き物のほんとうのすごさも、りっぱさも、わからないでしょ」先生はまた、いいよどんだ。「それは……、人についても同じだと思うの」

わたしのことをいってるの?

でも、先生はすぐにこういった。

「ふたりひと組で調べるのよ」

それから、わたしの肩《かた》にそっとふれた。

「じゃあ、月曜に、学校でね?」

わたしはうなずいた。

「最後まで、いてね」そういうと、先生は肩《かた》ごしに手をふりながら、帰っていった。

わたしは家の中に入り、何か食べるものはないかと、あちこち戸棚《とだな》をあけながら考えた。

野生の生き物の秘密《ひみつ》をさぐる？

ふたりひと組で？

冷蔵庫《れいぞうこ》をあけると、ひんやりした空気がサーッと流れ出た。わたしは冷たい牛乳《ぎゅうにゅう》のびんにひたいをくっつけた。

とにかく、きょうは金曜！　あすから丸二日は、自由だ。

願いごと

そんなになんでもかんでもおぼえていません。
校長
わたしはただ手伝いたいって思っただけ
ぼくのおねえさんになって
帰ってくるわ

7

わたしはコップの冷たい牛乳《ぎゅうにゅう》をちびちび飲み、犬は台所の隅《すみ》にある新しい自分用のボウルから、水をガブガブ飲んだ。この台所にも、この家にも、だいぶなれてきたようだ。

あんたが大すきだってことと、ここにずうっといていいってこと、わかってくれてるといいんだけど。

コップを流しにおいて台所を出ると、自分の部屋に入った。コラおばさんが教会に花を飾《かざ》り終《お》えて帰ってくる前に、いろいろと考えておかなくちゃならないことがある。

ベッドにすわると、ベッドカバーが目に入る。コラおばさんがつくってくれたパッチワークのキルト。青と緑の布を組み合わせたキルトは、この島をとりまく海、おだやかな日の海の色だ。涙《なみだ》があふれそうになって、窓《まど》を見た。カーテンが風にふかれ、網戸《あみど》をたたいている。足もとには、青と紫《むらさき》の古布で編んだマット。おばさんといっしょにつくったものだ。

校長先生は、きっと電話をかけてくる。わたしが学校からぬけだしたことを知らせに。そうなったら、コラおばさんにどう説明すればいいんだろう？　とにかく、ソフィーがいったことばだけは、絶対に知られたくない。

「あんたなんかいらない」なんて。

犬は、ベッドのわきにじっと立っている。わたしがキルトをポンポンとたたくと、ベッドにとびあがって、そばにすわった。耳をなでてやる。

電話が鳴った。

校長先生？

玄関《げんかん》の網戸《あみど》があく音。コラおばさんが教会から帰ってきたんだ。

犬が部屋のドアの方に目をやり、それから、わたしを見た。たぶん、困《こま》ったことになりそうだと感じたんだろう。

わたしはベッドからすべりおりて、玄関《げんかん》へ行った。

ハンドバックを肩《かた》にかけたおばさんが、わたしにほほえみかける。それから、受話器に手を伸《の》ばしたが、電話は鳴りやんだ。

しめた！　校長先生、きっと月曜には、もうわすれてる。

いやいや、そんなわけない。もっと現実的にならなくちゃ。

コラおばさんが、わたしの顔を見ていった。

「どうかしたの？　学校で何かあった？」

わたしは目をそらした。

電話がまた鳴りだした。

おばさんは、ハンドバッグを玄関《げんかん》の小さなテーブルにおき、受話器をとった。

「もしもし。……ええ、……そうですか、……ええ……」おばさんのぽっちゃりした足が、玄関《げんかん》マットの上に小さな円を描《えが》いている。

受話器から、怒《おこ》った校長先生の大きな声がもれて、話の内容はほとんどわかった。

わたしは、屋根裏《やねうら》へ上がる階段《かいだん》に腰《こし》かけ、手すりの支柱に頭をもたせかけた。支柱の角《かど》がひたいに食いこんで痛《いた》くなったころ、電話は終わった。

コラおばさんは、わたしがすわっている階段《かいだん》のすぐ下の段《だん》に腰《こし》をおろした。

「わたしなのよ。わたしが、きめたの。あなたは普通《ふつう》クラスに入るべきだって。わたし、校長先生にいったのよ。『しゃべらなくっても、普通《ふつう》クラスでちゃんとやっていけます』って。先生に会いに行って、そう要求したの……」

要求した……。わたしはそのことばを頭の中でくりかえした。目の前には、おばさんのやわらかい巻《ま》き毛《げ》。このおばさんが、何かを「要求」するなんてこと、今までにあっただろうか。

「あなたの手に入らないものがあるのは、いやなの」おばさんが涙声《なみだごえ》になった。「わたしが知ってるあなたのほんとうのすがたを、みんなに見せたいのよ」

廊下《ろうか》に立っていた犬が、おばさんのひざに頭をのせた。

おばさんがなぜ泣いてるかはわからなくても、この場の切なさは犬にもわかるのだ。

おばさんが話しだした。

「あなたが来た日……」

つまり、母さんが去った日。

「わたしは、ちょうどここにいた。玄関《げんかん》のドアがあいて、そこにあなたが立ってた。あなたのお母さんは後ろにいて、スーツケースをもってた。この国を西の端《はし》まで横断しようとしてたの。すぐにでも女優《じょゆう》か作家になれる気で。母親になるには若《わか》すぎた。幼《おさな》すぎたのね」

国を横断したのは、クワーク先生と同じだ。

コラおばさんが小さく咳《せき》ばらいをした。

「あなたが窓《まど》のところに立ってね、母親を見送ってるの。まだ、ほんの小さいあなたが。窓《まど》ガラスにうつったあなたの顔が見えた。悲しみにうちひしがれた、ちっちゃな顔。つらいだろうなあって、思った。でも、それがどれほどのものか、わたしにはわかってなかったのね」

そして、そのときから、わたしはしゃべるのをやめた？

ところが、おばさんは、わたしの肩《かた》に手をおいて、こういったのだ。

「だって、わたしにとっては、奇跡《きせき》だったんだもの！　自分の子どもがもてて、その子を愛せるなんて！　まさに最高の喜び《ジュビリー》だったのよ！」

それから、おばさんはため息をついた。

「そのあと、あなたを、教会の幼《おさな》い子のための日曜学校に入れた。母親がいないのは、あなただけだった。あなたは、自分がほかの子とちがってることに気づいたみたい。それでも、まだ少しはしゃべってたのよ。でも、それから……」

わたしは泣きだした。声もなく。暖《あたた》かい涙《なみだ》だけが、とめどなく頬《ほお》を流れた。トラヴィスのようには泣けない。大口をあけて、どこにいても聞こえるような大声で、あんなふうに泣きわめくことができたら、どんなに楽だろう。

「こんなに人を愛したこと、わたし、一度もないのよ、ジュビリー」

わたしはかがんで、おばさんの首を抱《だ》いた。この温かさ。この安心感。

おばさんが、わたしの手に手をかさねた。

「だいじょうぶ、ジュビリー。時がくれば、声は出るわ」

そう、カウフマン先生もいってた。

「でも、今のところは……」

わかってる。あの話だ。

「校長先生がね、もう一度だけ、あなたにチャンスをくれるって。もし、このチャンスを生かせなければ、もとの特別クラスにもどすそうよ」

わたしは、おばさんの肩《かた》をたたいて、うなずいた。

窓《まど》から母さんを見送った日のことは、覚えていない。いや……？　覚えてる！　遠ざかる母さんが、一度だけ立ちどまって、ふりむいた。そして、わたしに手をふったのだ。

それにしても、そのあとコラおばさんといっしょに暮《く》らせたのは、なんという幸運だろう！　もちろん、おばさんは母さんじゃないから、母さんを愛すように愛すことはできない。顔もよくわからない母さんだけど、それでも……。

わたしたちは立ち上がった。犬もいっしょに。

「庭で、チーズの夕ごはんといきましょ！」おばさんが涙《なみだ》をぬぐって、犬の広い背中《せなか》をなでた。

外に出て、おばさんが丹精《たんせい》こめて世話している庭を歩き、レタスの葉をちぎった。それにチェリートマトをくわえ、きざんだバジルを上にのせた。

チャンスはあと一度だけ。ソフィーが何をいおうと、だれが何をいおうと、わたしは教室からにげださない。それに、プリンセスっていう名の犬を飼っていたクワーク先生のこと、わたし、すきかも。先生が話してた、この島の野生動物を調べるっていう勉強も、やってみたい気がする。

それに、先生がいったことも、気になる。なんだっけ？　どんな生き物も、ちゃんと知らなければ、そのよさもりっぱさもわからない？

そう、わたし、生き物のことが知りたい。それに、ふたりひと組っていうのも、悪くないかも。

ぼくは
レタスが
すきだな
わたし
調べ学習も
ふたり組も
すき

8

　土曜の夕食のためにテーブルをセットしていると、いきなり玄関《げんかん》からギデオンが入ってきた。廊下《ろうか》に、靴音《くつおと》とおかしな替《か》え歌《うた》がひびく。

「レバーじゃなきゃいいけーどー、ポークチョップじゃなきゃいいけーどー」

　わたしとコラおばさんは、わらって顔を見合わせた。ギデオンの大きなからだとわらい顔が台所に現れると、わたしたちはいつも満ち足りた気持ちになる。

　だけど、犬はあとずさりして、テーブルの下にかくれてしまった。前足にあごをのせ、不安げにギデオンを見ている。ギデオンがポケットをさぐった。

「けさ、コラから聞いたよ。おまえさんのこと」

　ギデオンの声は急にやさしくなって、さしだした手には、ドッグビスケットがのっていた。

　犬はためらっていたが、そろそろと出てきた。そして、ビスケットを食べると、うれしそうにしっぽで床《ゆか》を打った。犬が、満足そうにテーブルの下に寝《ね》そべっているあいだ、わたしたちは、ホタテ貝のクリーム煮《に》を食べた。ホタテ貝はコラおばさんとギデオンの大好物だ。でも、わたしには、レバーやポークチョップと同じくらい、まずい。こっそりあげてみたけど、犬だって、においをかいだだけで食べなかったもの。

ギデオンとわたしは、夕食をかきこんだ。ギデオンの小さなモーターボートで、島めぐりの海の散歩をするからだ。水平線に夕日が沈《しず》むのをボートからながめながら、わたしは絵を描《か》く。野《や》球帽《きゅうぼう》をかぶったカモメ。水からとびはねて夕焼けをながめている、めがねをかけた魚。

舵《かじ》は、たいてい、わたしがとる。気の向くままにボートを走らせるのは、じつに爽快《そうかい》だ。でも、一番うれしいのは、ギデオンが静かにしていてくれること。わたしがしゃべらないのも、ギデオンはこれっぽっちも気にしない。

出がけに、ギデオンがおばさんの方をふりむいた。

「遅《おそ》くはならんよ。ピッピとおれがフィジー諸島《しょとう》まで行く気になりゃあ、別だけど」

わたしは犬に、「そこにいなさい」と手でしめした。犬はすぐに理解して、寝《ね》そべったまま目を閉《と》じた。

船着き場に行く途中《とちゅう》で、ギデオンが立ちどまった。

「今夜は、もうひとり来るよ、ピッピ。おれたちの週末の海の散歩に、新しい仲間がくわわるんだ」

わたしはギデオンをさっさと追《お》い越《こ》して、ボートの方へ歩いていった。土曜の夜の島めぐりは、わたしとギデオンだけのものだ。新しい仲間なんて、いらないよ！

ギデオンが、ついてきながらいった。

「いい子だぞ。大家族なんだ」

大家族で暮《く》らしてる女の子？

この島は小さい。そんな子のことは聞いたことがないから、たぶん、本土から越《こ》してきたばかりの子なんだろう。

でも、ひょっとして、その子が舵《かじ》をとりたいといったら？

どこに行くかを、自分がきめたいといったら？

わたしとギデオンがだまってるのに、べらべらおしゃべりする子だったら？

わたしは目をつむって、そんなケチな考えを頭の中から追いだそうとした。だって、わたし、友だちがほしかったんじゃなかった？

ギデオンがつづけた。

「それに、よく働くんだ。この前は、デッキをきれいに洗《あら》ってくれた。見ればわかるよ」

ボートのよごれをこすりおとすのは、くさいし、汗《あせ》だくになるし、ギデオンもわたしも大きらいな仕事だ。

わたしはギデオンの顔を見上げ、目でたずねた。

その女の子って、いくつ？

わたしの心を読んで、ギデオンが答えた。

「ピッピと同い年だ。おれみたいな年寄りじゃなくて、ちゃんとした友だちがいた方がいい」

わたしは、ちょっとふてくされた態度をとってみたが、ギデオンにはわからなかったらしい。

コラおばさんほど、わたしの身ぶりを読むのはうまくないのだ。

船着き場に着いた。わたしは潮《しお》のかおりを胸《むね》いっぱいに吸《す》いこんだ。栈橋《さんばし》の支柱を打つおだやかな波の音が聞こえる。目の前には、ピカピカにみがかれたギデオンのボート「のんびり号」。

おや？　なぜ？　メイソンがボートのベンチにすわっている。

その子って、メイソンだったの?!

メイソンが、やせたからだを折り曲げて、蚊《か》に食われたかかとをガリガリかいた。別荘《べっそう》の池に、いつもたった一羽でやってくるサギがいるけど、そのサギが魚をあさっているすがたにそっくりだ。

わたしはボートによじのぼると、メイソンのつきでたひざがしらや、バカでかい靴《くつ》をよけ、できるだけ離《はな》れたところにすわった。といっても、せまい船内だから、たいして離《はな》れることはできない。

ギデオンがとびのってくると、重みでボートがグーンと傾《かたむ》いた。

わたしの大すきな瞬間《しゅんかん》。

「メイソン、ジュディスだ」とギデオンが紹介《しょうかい》する。

「やあ」と短く、メイソンがわたしの背中《せなか》にあいさつした。

ギデオンがエンジンをかける。

「ピッピ、舵《かじ》、とるか？」とギデオンが聞いた。

なるほどね。メイソンに聞くのは遠慮《えんりょ》してるんだ。

うまく舵《かじ》を操《あやつ》れるところをメイソンに見せてやりたい気もしたが、そうなると、船尾《せんび》に行くために、またメイソンの前を通らなくちゃならない。

わたしは首をふって、視線《しせん》を船の前方にもどした。右手には、同じような小さなボートが、並《なら》んで岸につながれている。ギデオンがボートを進めると、「のんびり号」が起こした波に、つながれたボートが一様に揺《ゆ》れた。

わたしたちは、凪《な》いだ夕方の海へと出ていった。ギデオンが、低い張りのある声で歌いはじめた。わたしは二羽のカモメを絵に描《か》いた。ペアのしま柄《がら》のパジャマを着て、そろそろベッドに入ろうかというカモメ。一羽には、大きなナイトキャップをかぶせた。

わたしは、ほんの三センチほどふりむいて、メイソンを盗《ぬす》み見《み》た。メイソンはちょっと首をかしげたまま、大きな灰色《はいいろ》のカモメが二羽、夕食の小魚をとろうと波間につっこんでいくのをながめていた。

足もとに目をやると、デッキはほんとうにきれいだ。ギデオンのいったとおり、メイソンはいい働き手らしい。そう思うと、ますます腹《はら》が立ってきた。

この調子じゃ、一生メイソンからのがれられないかも。教室でもいっしょ、ボートでもいっしょ。

ひょっとしたら、あの別荘《べっそう》でも?!

はっとそのことに気づいて、わたしは心の中で願いごとをした。

朝食のとき、いつもコラおばさんと願いごとをする。「昼ごはんのあと、船で南極まで行けますように！」というようなバカバカしい願いごともあるが、たまには真剣《しんけん》な願いもあるのだ。たとえば、今のような。

「母さんが、フェリーに乗って帰ってきて、こういいますように！　『ジュディス！　メモ帳とお気に入りの麦わら帽《ぼう》をもって、フェリーに乗りなさい。すぐにフェリーが出るわ。ほら、メイソンに手をふって！　もうお別れなんだから！』」

モーターボートが一隻《せき》、エンジンの音も高く追いついてきて、追《お》い越《こ》していった。大きな波がわたしたちのボートの横《よこ》っ腹《ぱら》にぶちあたり、しぶきを上げた。

メイソンがとびあがった。

思わず、目と目が合った。きっと、わたしが怒《おこ》っているのがわかっちゃったな。でも、かまうもんか。

教室では、となりの席に侵入《しんにゅう》してきたうえに、今度は、このボートのわたしの席にちゃっかりすわりこんで!

なんてずうずうしいの!

ギデオンが、島沿《しまぞ》いに西へと舵《かじ》をとり、夕日に向かってボートを走らせた。沈《しず》む夕日から、輝《かがや》く道がまっすぐこのボートまで伸《の》びている。まぶしくて、目を細めた。ボートから手を伸《の》ばせば、黄金の水がすくえそうだ。

ああ、母さんが、この金色の水を見たら…。そして、「夕日に赤い帆《ほ》」を歌うギデオンの太い温かい声を聞いたら……。

この島に帰ってくる気になるかもしれないのに。

9

日曜の朝、ベッドにもぐったまま、わたしは急いで犬の絵を描《か》きあげた。犬が四つ足を上げて仰向《あおむ》けにひっくりかえり、舌をダランとたらして、こういっているところ。

「ありがたや。きょう、学校はナシ！　おれは、鳥のように自由だ」

同感！

コラおばさんといっしょに教会へ行く。道の途中《とちゅう》で、教会のオルガンに合わせて讃美歌《さんびか》を歌っているギデオンの声が聞こえてきた。

「天使のパンは、人々の糧《かて》となり……」

教会の中に入ると、祭壇《さいだん》の上には緑色のリボン、銀製の花びんには菊《きく》の花が飾《かざ》られている。

わたしは祭壇《さいだん》に向かって祈《いの》った。

どうか声を出させてください。

歌えるようにしてください。

口をあけてみたが、声は出てこなかった。

今までの日曜と同じだ。

教会から出たとたん、思いだした。

そうだ、宿題！

外は光に満ちあふれ、空はまっ青に晴《は》れわたり、風に木の葉がチラチラ踊《おど》っているというのに、宿題か！

わたしは家に帰って部屋に入り、宿題のプリントをさがした。プリントは、ベッドの下に、ほこりにまみれて落ちていた。

宿題　この島の生き物をひとつ選んで、知っていることを書き、発表しましょう。

読んでみれば、それほどいやな宿題ではない。桟橋《さんばし》の下でヒトデを観察してもいいし、魚のえさ売りのわなをのがれたちっちゃな魚をつかまえて調べてもいい。

でも、もしかして、メイソンが桟橋《さんばし》のところにいたら？

わたしはかがんで、居眠《いねむ》りしている犬にささやいた。

「もう、メイソンにはうんざりだよね？」

犬が片目《かため》をあけた。

わたしはズボンのポケットに宿題のプリントを押《お》しこみ、もう片方《かたほう》のポケットにメモ帳をつっこんで、廊下《ろうか》を歩いていった。犬が、あくびしながらついてくる。

コラおばさんは、いそがしそうに台所をパタパタ歩きまわっていた。夕食のためのごちそうをつくっているのだ。糖蜜《とうみつ》たっぷりのハムと豆の煮物《にもの》、庭のリンゴのスライスが入ったホウレン草サラダ。口に入る前に、まだ何時間もかかりそう。

「気をつけてね、ジュビリー」玄関《げんかん》に向かうわたしに、コラおばさんが声をかける。

わたしはおばさんにわらいかけて、廊下《ろうか》の壁板《かべいた》をポンポンとたたいた。これは、「おばさんもね」という意味だったり、「行ってきます！」という意味だったり。ときには、ただ「いいお天気ね」という意味だったり。でも、おばさんには、いつも、どういう意味だかちゃんとわかる。

外は暖《あたた》かかったが、秋の気配が感じられた。歩くうちに、カエデの木から紅葉《こうよう》した葉っぱが一枚ひらひらと落ちてきたし、道には真っ赤な葉が二枚落ちていた。一枚拾って、メモ帳にはさんだ。

もう、夏は終わっちゃったんだ。

別荘《べっそう》の前まできて、この前、砂《すな》のつもった床《ゆか》の上に足跡《あしあと》があったことを思いだした。

ドアの前においておいた石をどかし、こわれた階段《かいだん》に立てかけられているほうきを手にとった。そのわらぼうきは、ずいぶん前からそこにある。鳥が引きぬいて巣に使ったんだろう。わらはまばらになっている。

ほうきを手に、中に入った。床《ゆか》の足跡《あしあと》には目をやらないつもりが、やっぱり目が行ってしまう。

おや？　消えてる。

風が砂《すな》を吹《ふ》きやって、足跡《あしあと》を消したんだ。

たぶん、ガラスの割《わ》れた窓《まど》から、風が入ってきたんだろう。

とにかく、ほうきで廊下《ろうか》の砂《すな》を掃《は》いた。

どんどん掃《は》いていって、隅《すみ》に砂《すな》をよせた。

それから、居間をのぞくと……。

足跡《あしあと》だ。

立ちどまって、耳をすます。

外でカラスが鳴いた。別荘《べっそう》の中は、まったく静か。居間の足跡《あしあと》をほうきで掃《は》きはじめる。ほうきの音と自分の足音のほか、何も聞こえない。

玄関口《げんかんぐち》に砂《すな》が吹《ふ》きよせられているけど、ま、いいか。

こんな荒《あ》れた別荘《べっそう》に、砂《すな》はむしろ似合っている。

わたしは犬にささやいた。

「池に行こうか」

わたしたちは外に出て、池のまわりに茂《しげ》る雑草の中に並《なら》んですわった。

サギがスーッととんできて、向こう岸に降《お》りた。不機嫌《ふきげん》そうな険しい顔。頭の後ろに長い飾《かざ》り羽があって、目はまるで青い宝石《ほうせき》だ。その目が、水面下の魚をとらえると、もうその魚に生きのびるチャンスはまったくないのだ。

サギなんか、絶対、わたしの宿題には選んでやらないから！

でも、ギデオンのいうとおり、どんな生き物も何かしら食べなくちゃ生きていけない。それはそうだが、それにしても、サギのえさのとり方はあまりにも容赦《ようしゃ》がなさすぎる。

わたしは池にかがみ、冷たい水に指をあそばせた。ひょっとしたら、宿題にとりあげる生き物、わたし、とっくにきめてたかも。

二年前の嵐《あらし》のとき、大きな枝が一本折れて、この池の中に落ちた。葉はとっくに朽《く》ちて、枝の先はレース模様《もよう》みたいになっている。そして、今、その枝の中ごろに、カメの群れがかたまって日なたぼっこしているのだ。

わたしの影《かげ》が見えたのか、カメはみんな水の中にすべりこんで見えなくなった。

よし、カメについて書いてやろう。まず、つやつやしたかたい甲羅《こうら》のこと、夜も目がすばらしくよく見えること。それから、この地球上に一億年以上前から暮《く》らしていること。そして、一番おもしろいのは、カメだってあそぶということ。

こんなことを、わたしは去年、図書館の本を読んで知った。クワーク先生がいったことは、ほんとうみたい。知れば、すごさがわかるってこと。

だって、わたし、カメがすきになったもの。それって、カメのことをよく知ったからよね？

ギデオンから聞いたことがある。カミツキガメの目は、まぶたが下から上に閉《と》じるそうだ。池の底に沈《しず》んだまま、移りゆく外の世界をながめるには、その方が便利なんだろう。

つま先を水の中に入れた。夏のあいだにくらべると、ずいぶん冷たい。カメは変温動物だから、体温は水と同じ温度だそうだ。わたしはカメをまねて、冷たさなんか感じないつもりになってみた。

「へっちゃら、へっちゃら！」と心の中でいってみる。犬が首をかしげて、わたしをじっと見ている。

カメについて書きかけたプリントがとばないよう、石ころをのせた。手がぬれていたので、プリントも少しぬれたけど、たぶんクワーク先生は気にしない。

わたしは、服を着たまま、勢いをつけて池の中にとびこんだ。自然に浮《う》かび上がるのを待って、パッと息をはいた。

さむーい！

それでも、そのまま泳ぎはじめた。ひとかきひとけりをゆっくり大きく、からだが温まるまで大きな池を泳ぎまわった。それから、仰向《あおむ》けに水に浮《う》かんで、空に流れる雲をながめた。

犬のほえる声に顔を上げてみると、犬はこちらに背《せ》を向けて、林の中へ入る小道の方をじっと見ている。

だれかいるの？

ひと息で岸まで泳いでいって、水から上がった。

もう、犬はほえもせず、林の方も見ていない。

寒さでからだがガタガタふるえる。ぬれた手をぬれたジーンズでふいて、宿題のプリントをつまみあげ、もとの道をもどった。

まもなく、わかった。犬が何を見てほえたか。

トラヴィスだ。木立のあいだから、イチジクの木の下に丸くなって絵本のページをめくっているトラヴィスが見えた。

また、ソフィーからにげてきたのね。

わたしはそっと立ち去った。トラヴィスのじゃまをしないように。たぶん、トラヴィスにはひとりの時間が必要なんだろう。カメと同じだ。それに、ソフィーは、わたしがトラヴィスに近づくのをきらっている。

帰ると、家じゅうにあまい糖蜜《とうみつ》のかおりがただよっていた。わたしは、日の当たる裏《うら》のベランダにすわって、ぬれた服を乾《かわ》かした。

10

その晩《ばん》、夕食が終わると、ギデオンは椅子《いす》を引いて立ち上がり、玄《げん》関《かん》へ向かいながら、コラおばさんにいった。

「きみの料理は、世界一だよ」

それから、わたしが描《か》いた、大きな花柄《はながら》のエプロンをつけたおばさんの絵を、ポンポンとたたいていった。

「そして、ピッピは、世界一の芸術家だ」

ギデオンが玄関《げんかん》から出ていった。本土に出航するフェリーを操縦《そうじゅう》するために。

コラおばさんとわたしは、残りものを入れたボウルを冷蔵庫《れいぞうこ》に入れ、よごれた皿を食器洗《しょっきあら》い機《き》の中に並《なら》べた。

わたしはいきおいよくテーブルをふいた。おばさんが口笛を吹《ふ》きながら床《ゆか》を掃《は》く。花柄《はながら》の大きなエプロンをひらひらさせて機嫌《きげん》よく口笛を吹《ふ》くおばさんは、台所に舞《ま》いおりためずらしい南国の鳥みたいだ。

自分の部屋に入って、わたしも、鏡の中を見つめながら口笛を吹《ふ》いてみる。

ほとんど音は出なかったのに、犬にはちゃんと聞こえたみたい。

「もう、外は暗いのね」とコラおばさんのやさしい声。「散歩に行かない？　ジュビリー。海から星がのぼるのをながめようよ」

わたしは裏口《うらぐち》の壁《かべ》のフックから二枚のセーターをはずした。おばさんの肩《かた》にセーターをかけてあげて、自分のは腰《こし》に巻《ま》きつけた。パチンと指を鳴らすと、犬はすぐについてきた。

外に出たとたん、そこらじゅうの木から、うるさいほど虫の声が降《ふ》ってきた。

「秋が来るのよって、知らせてるのね」とコラおばさんがしんみりといった。

船着き場をすぎて浜《はま》に下りる。わたしたちは靴《くつ》をぬぎ、砂《すな》に足指を食いこませながら歩いていった。日が落ちたあとの浜《はま》の砂《すな》に、もう昼間のぬくもりはなかった。

「見て、ジュビリー。スマートな月が、惑星《わくせい》ヴィーナスにプロポーズしてるわ」

いっしょに空を見上げて、思わずわらってしまった。おばさんらしいいい方！　わたしにはいつも、おばさんが何を考えてるのか、すぐわかる。ああ、それをおばさんにいえたら！

海はかすかに光っていた。おだやかな波が浜辺《はまべ》によせ、船着き場につながれているボートが、並《なら》んで静かに揺《ゆ》れていた。

ふと、何かが目にとまった。犬も気づいたようだ。

だれかが、そこのボートにかくれてる？　赤い帆《ほ》が巻《ま》き上げられ、白い船体に黒と灰色《はいいろ》で船名が書かれた、そのきれいで小さなボートに。

たしか、ギデオンの友だちで、フェリーの船長をしている人のボートだ。その人は、今ボートの船尾《せんび》にうずくまっている人影《ひとかげ》より、ずっと体格がいいはず！

わたしは、その人影《ひとかげ》から目を離《はな》さなかった。犬の頭に手をおいていたので、犬はほえるのをひかえている。

いったい、だれだろう？

あっ、メイソン！　勝手に他人のボートに入りこんでかくれているのは、メイソンだ！

まさか、ボートを盗《ぬす》む気？

犬が、メイソンに警告《けいこく》するように、小さく低くうなった。

と思ったら、後ろからだれかが浜辺《はまべ》を走ってくる。

わたしがふりむくと同時に、おばさんも後ろを見た。

裸足《はだし》に、ひざ上で切ったジーンズをはいた十四、五歳《さい》の男の子が、目の前で立ちどまった。

「弟のメイソンをさがしてるんだ。まったく、どうしようもないやつ……」ここまでいうと、かがんで、ひざに手をおき、荒《あら》い息を整えている。「おれの一番いいスニーカーを貸してやりゃ、海草で緑色によごしやがって。見つけたら、こてんぱんにしてやる」

指さして教えてやろうと思って、ボートの方を見ると、メイソンがいない。ボートが静かに揺《ゆ》れているだけ。

コラおばさんとメイソンの兄は、並《なら》んだボートの方に目をやった。でも、夕暮《ゆうぐ》れの中では、わたしの方が目がよかった。ボートのへりをつかんだメイソンの指が見える。たぶん頭は水の中だ。

どれほど息がつづく？

心配になって、思わずこぶしをにぎった。

コラおばさんが首をふった。

「だれも見なかったわよ。わたしたち、さっきからここで星をながめてたんだけど」

夜の海は、昼間の池よりずっと冷たいにちがいない。お兄さんが去ったとたん、海面にとびだした頭を見て、わたしは胸《むね》をなでおろした。

11

月曜の朝、目を覚ますなり、ベッドからとびおきた。お腹《なか》がぺこぺこだったのだ。下におりていって、犬のボウルにドッグフードを入れてやった。テーブルにつくと、コラおばさんが、わたしのコップにオレンジジュースを注ぎ、コーンフレークの上にラズベリーをひとさじ、のっけてくれた。

「きょうの願いごとは？　ジュビリー」

一番の願いは、学校には永久に行かず、毎日、犬といっしょにのんびりと別荘《べっそう》や池のまわりをうろついて、セコイアスギみたいに何百年も生きること。

でも、メモ帳に描《か》いたのは、それじゃなくて、女の子と犬が、溶《と》けかかったソフトクリームをなめているところ。「おいしーい！」と、ふたりの頭の上に吹《ふ》きだしもつけた。

「アイスクリーム?!　もう寒いわよ」とおばさん。

わたしたちは顔を見合わせてわらった。

そのとき、先生から渡《わた》された同意書のことを思いだしたので、あわてて部屋からとってきた。

「あら、校外学習？　すてき」とおばさんはすぐに同意書にサインした。そして、わたしの頭のてっぺんにキスすると、教会の仕事へと出かけていった。

うれしいことに、家を出るまで、あと十分《じっぷん》はある。裏口《うらぐち》から出て、低く垂《た》れた枝からプラムを一個もいで食べ、それから、犬といっしょに、ゆっくりと学校に向かった。

ソフィーが、ちょうどトラヴィスをつれて家から出てきた。昔ふたりでつくった石の家のことが頭に浮《う》かんだが、すぐに、あのことばが思いだされ、胸《むね》がしめつけられた。

だれも、あんたなんかいらない。

ソフィーはわたしを見ても知らん顔して行こうとした。ところが、トラヴィスがソフィーの手を引っ張った。

「待って。ぼくの友だちが来たよ。ほら、『しゃべんない子』」

「しーっ。あの子はこっちとしゃべんないんだから、こっちもあの子とはしゃべんないの」

ふたりは前を歩きだした。トラヴィスが、肩《かた》ごしにわたしに手をふっている。

わたしの手から、ノートと犬用の毛布が落ちた。わたしは、爪《つめ》が食いこむほど強くこぶしをにぎった。落ちたものをのろのろと拾い上げながら、心の中でさけんだ。

気にしないもん。ぜったい、気になんかしないもん！

カエデの木の下で毛布をふるって地面に広げると、犬は、さっさと、その毛布の上で丸くなった。

校舎《こうしゃ》に向かう途中《とちゅう》で、犬の方をふりかえってみた。おや？　だれかが毛布の上にかがんでいる。

メイソンだ！

わたしは急いで犬のところまでもどった。が、メイソンはもう林の中に消えていた。

大きなスコーンが一個、毛布の端《はし》におかれている。犬は、パクッとひと口でたいらげ、しっぽを激《はげ》しくふった。つまり、すごく喜んでいるのだ。

メイソンはどうしてこんなことをするんだろう？

まだその辺《へん》にメイソンがいるのかと思うと、犬から離《はな》れたくなかったが、はじまりのベルがもうすぐ鳴る。わたしはしかたなく、校舎《こうしゃ》に向かった。

校舎《こうしゃ》の中では、先生たちが廊下《ろうか》を歩きながら、たがいにあいさつをかわしていた。

わたしの教室はまだ閉《し》まっていた。またもどって外に出ようかな、と思っているところへ、クワーク先生がスニーカーでやってきた。大きな布のバッグを肩《かた》にかけ、両腕《りょううで》いっぱいに、本やらメモ用紙やらを抱《かか》えこんでいる。青やピンク、紫《むらさき》にチェックと、色とりどりのメモ用紙だ。

そのとき、そのメモ用紙が先生の腕《うで》からすべり落ちた。ふたつ折りした色とりどりの紙が、サーッと、スケートリンクのようなすべすべの廊下《ろうか》に散らばった。まるで、たくさんの小鳥が舞《ま》いおりたみたい！

「お願い！」と先生がわたしを見た。

散らばった紙をあわてて拾い集めるうち、わたしと先生は、おでこをぶつけてしまった。先生がわらっていった。

「あらら、ごめん！　これは、ふたり組の名前を書いた紙なの」

先生が教室のドアを開け放つと、わたしたちの後ろにいた生徒たちが、どやどやと教室になだれこんだ。

先生がみんなにいった。

「きょうは、とってもいいお天気だから、一日じゅう教室にいるのはもったいないわね。同意書は、わたしの机《つくえ》の上においてください。それから、宿題もね。そしたら、自分の名前が書いてあるメモ用紙をとってちょうだい。中に、ふたり組になるときの相手の名前が書いてあるのよ」

わたしは、カメのことを書いた宿題の紙と、おばさんがサインした同意書を先生の机《つくえ》におくと、自分の名前のメモ用紙をとって、開いてみた。

ソフィー！

どうしよう？

ふりむくと、すぐ後ろにソフィーがいた。ちょうど自分のメモ用紙をとりあげたところだ。中には、わたしの名前が書いてあるはず！

ソフィーが、ギュッと口を結んで、頭をふった。

うなだれちゃ、ダメ。わたしはしゃんと頭を上げて、自分の席についた。

メイソンが、となりの席にすべりこむなり、いった。

「恩に着るよ」

え？　なんのこと？

「ボートにかくれてたこと、いわないでくれただろ」

わたしは、ちょっぴり肩《かた》をすくめた。

すでに、みんながメモ用紙を手にしている。自分の相手を知ったわけだ。クワーク先生が手をたたいた。

「きょうから、その相手とふたり組になって勉強します。でも、とにかく、外に出ましょう。生き物のことを調べに行くのよ」

生徒たちはいっせいに椅子《いす》を引いた。ハリーとコナーがドアに走る。

「さわがないで。学校じゅうに聞こえてしまうわ」と、クワーク先生が人さし指を口にあてた。

みんなは銅像みたいに動きをとめた。

先生は、みんなに一個ずつ段《だん》ボールの箱を渡《わた》した。

「浜辺《はまべ》に着いたら宝物《たからもの》を集めましょう。例えば、貝殻《かいがら》。もとは生き物の家だったのよね。それから、今ちょうど、ハゴロモガラスが南へ旅に出る時期だから、安全を祈《いの》って見送ってやりましょう。この美しい島を離《はな》れるのは、きっと悲しいでしょうね」

先生は、ハリーに、布のバッグを海岸まで運ぶのを手伝ってくれるようにたのんだ。

「中身はおやつよ。おなかがすくでしょ」

わたしたちは、外にとびだした。みんな大興奮《だいこうふん》。一日じゅう外で勉強なんて、特別クラスのレーヒー先生なんか百年たっても考えつかないことだ。

風が強かった。校庭では、木の葉や砂《すな》がとんできた。わたしの髪《かみ》も吹《ふ》きまくられた。

「ひゃー！　もう秋ね」とクワーク先生。

わたしは、セーターを着た背中《せなか》を丸めて、浜《はま》までの道を歩いた。

「自由だ！」ハリーがさけんだ。コナーも大声で何かさけんでいる。

わたしも大きく息を吸《す》いこんだ。浜《はま》のぬれた砂《すな》のにおいと強い潮《しお》のかおりが、鼻の奥《おく》まで入ってくる。

犬は、生徒たちの列に割《わ》りこんじゃいけないとわかってるらしく、わたしのすぐ後ろについてきた。わたしは、犬とふたりきりになれるよう、少しずつ列から遅《おく》れた。

ソフィーは、クワーク先生に追いつきたいのか、列の真ん中を急ぎ足で歩いている。

海草で緑色になったスニーカーが後ろ向きに歩いてきて、あれ？と思っているうち、メイソンがわたしのそばで、犬の頭に手をのせた。

犬は、まるでわらってるような顔でメイソンを見上げている。口を大きくあけ、しっぽを盛大《せいだい》にふって。

しゃくにさわるけど、気にしちゃダメ。

「名前は？」とメイソンが聞いた。

わたしが聞こえないふりをしたので、メイソンがひとりごとをいってるような具合になった。

「レベルってのは、犬らしくて、いい名前だよな。それに、ジョンもいいな」

ジョン？　ヘンじゃない？

「でも、この犬には、あわないな。とにかく、この犬、すっげえ犬だよ。おれなら、フェイスフルって名前にするな」

フェイスフル。「忠実《ちゅうじつ》」という意味だ。

うん、ほんとにぴったりの名前。

わたしはがまんできなくなって、メイソンを横目で見た。魚のえさ売りの男そっくりだと思っていたけど、ちがった。整った、いい顔だ。鼻の頭にそばかすがあって、目は緑がかった灰色《はいいろ》。洗《あら》いざらしのシャツは、袖《そで》のところがさけている。でも、爪《つめ》はきれいだ。たぶん、きのうの夜、海にもぐってたせい？

クワーク先生が、砂浜《すなはま》からつづく葦原《あしはら》の前に立った。葦《あし》の穂《ほ》が風に揺《ゆ》れ、こすれあって、かわいた音を立てている。

先生は、さっさとスニーカーをぬいだ。

「みんなも、靴《くつ》をぬいでいいわよ。でも、葦原《あしはら》の中へは入らないこと。荒《あ》らしてはいけないし、茎《くき》がつきささると痛《いた》いから。それに、貝殻《かいがら》でケガしないように」

みんな、靴《くつ》をぬいで、ひとところに山積みにした。そのあいだじゅう、メイソンはしゃべりつづけた。

「おれ、犬、飼ったことないんだよな……」

先生が、みんなにいった。

「すきなところへ行っていいですよ。でも、ふたり組で行動するように。さあ、ここでどんなものを発見できるかしら？」

先生が、首から下げた銀色のホイッスルをもちあげて見せた。

「おやつの時間になったら、これで知らせますからね」

ふたり組の相手のソフィーをさがすと、ソフィーは先生のそばに立って、何かいおうとしている。わたしとふたり組になるのはいやだって、いうつもりだろうか？

わたしはその場から離《はな》れた。犬といっしょに、葦《あし》を折らないよう気をつけながら、葦原《あしはら》のまわりを歩きまわった。

先生が、コナーに話している声が聞こえる。

「ずっとさがしている貝があってね。名前はユーノニア。ほら貝の仲間で、茶色い四角い模様《もよう》が、らせん状にきれいに並《なら》んでるの。いつか、絶対見つけたいわ」

つま先が何かにふれた。かがんでみると、小枝がガシャガシャと丸くかたまっていて、中に黄色いキャンディーの包み紙ややわらかい羽毛が編みこまれている。

鳥の巣だ。そうっと拾いあげてみると、その中に、斑点《はんてん》がついた青い卵《たまご》の殻《から》が入っていた。

母鳥もヒナも、とびさってしまったんだ。今頃《いまごろ》、どこかでいっしょに暮《く》らしてるといいな。以前、ギデオンが教えてくれた。メスのカラスは、大きくなると、ずっと前に巣立った自分の巣へもどってくるんだそうだ。でも、この巣はカラスのじゃない。

わたしは、そうっと巣を段《だん》ボール箱に入れた。が、ふたをしようとしたとき、とつぜん、メイソンがわたしの肩《かた》にふれた。

「あれを見てみろよ」

ビクッとした拍子《ひょうし》に、巣が箱からとびだし、あっというまに風にとばされた。巣はクルクルまわりながらとんでいって、丈高《たけたか》い葦《あし》の茂《しげ》みの中に見えなくなった。

わたしはあわてて追いかけた。でも、砂《すな》の上では走りにくいし、足の裏《うら》に貝殻《かいがら》が刺《さ》さって痛《いた》い。犬も、わたしのわきを巣に向かって突進《とっしん》していったが、間に合わなかった。

メイソンが先生にいった。

「おれのせいなんだ。おれが巣をダメにしちゃったんだ。中に、卵《たまご》の殻《から》まであったのに。おれ、いつだって、ドジばっかりするんだ」

「教室に鳥の図鑑《ずかん》があるわ。あの巣がなんの鳥の巣だったか、調べたら？」と先生がいった。

でも、あの青い卵《たまご》がコマツグミの卵《たまご》だってことは、もうわかっている。コマツグミが、こんな砂地《すなち》に巣をつくるとは思えないから、どこかからとばされてきたんだろう。

メイソンが、のどの奥《おく》でみょうな音を立てた。なんだか悲しそうな音。

わたしも、ときどき、こんな音を立ててるような気がする。しゃべれたらなあ、と思うときに。

そのあと自分がやったことに、わたしは自分でもおどろいた。

犬を一度も飼ったことがないメイソン、自分がドジばかりしていると思いこんでいるメイソンに近づいていって、顔を見せたのだ。巣のことで怒《おこ》っていないことを知ってほしくて。

そして、そのとき、はっきりわかった。メイソンは、人にわざとボールをぶつけるような子じゃないと。

たぶん、ものすごーくコントロールが悪いんだね。

クワーク先生が銀のホイッスルを吹《ふ》いたので、みんながまわりに集まってきた。先生はお手製のチキンサンドと、冷たい水のペットボトルをみんなに配った。

わたしたちは砂《すな》の上に腰《こし》を下ろし、サンドイッチを食べた。もちろん、先生は、犬の分もちゃんと用意していた。

さあ　いっしょに　出発よ

12

水曜日、クワーク先生がみんなにいった。

「すばらしいお知らせですよ。校長先生が、いってくれたんです。野生の生き物を調べるのはとってもいいことだから、調べたことを学校のみんなに知ってもらうよう発表会をしたらって」

発表会！　学校じゅうの生徒の前で！　これは、たいへんなことになった。

窓《まど》から、カエデの下で昼寝《ひるね》をしている犬のすがたを見て、わたしは気持ちを落ち着かせようとした。でも、教室に目をもどすと、ソフィーの席が空っぽ。きっと、わたしとふたり組になりたくないからだ。

先生が、机《つくえ》の上の宿題の束をポンと打って、みんなにほほえんだ。

「あなたたちの宿題を読んで、たくさんのことがわかったわ。動物も鳥も、わたしたちの知らないところで、おもしろいことをいろいろやってるのね」それから、先生は一枚の紙を高く上げた。「カメも！」

先生がその宿題を読みはじめた。

わたしの！

あわてて窓《まど》の外に目を移した。手がちょっとふるえている。特別クラスのときは、先生が生徒の書いた作文を読んで聞かせるなんてこと、一度もなかった。

きっと、だれも聞いてないにきまってる。

え？　みんなわらってる？　クワーク先生も？

わたしはがまんできなくなって、みんなの方を見た。楽しそうにわらっている生徒たちに、先生が、わたしが描《か》いたカメの絵を見せている。

そのとき、ドアがあいてソフィーが入ってきた。顔は真っ赤。おさげ髪《がみ》もほつれている。席についたが、落ち着かないようすで、そわそわと足を動かしている。

トラヴィスに、何かあった？

わたしのことを「しゃべんない子」と呼《よ》んで、いろいろ話しかけてくるトラヴィス。いつもわたしとあそぼうとする、前歯のぬけた一生懸命《いっしょうけんめい》な顔。

もしトラヴィスがわたしの弟だったら、弟をほっぽらかして、こんなところでそわそわ足を動かしてたりしないのに。

わらっていたクワーク先生が、まじめな顔になった。

「考えたんですが、ふたり組の組み合わせをちょっと変えようと思います」そういって、先生はわたしの宿題の紙をふった。「このカメを調べている人は、カメを調べている別のひとりといっしょに調べた方がいいわね。そして、残ったふたりは、リスを調べたがっていたから、そうしてもらいましょう」

ソフィーが背《せ》すじを伸《の》ばし、先生をまっすぐ見てにっこりした。

先生が、宿題をもう何枚か読もうと、机《つくえ》の方を向いてプリントをめくった。

そのすきに、わたしはそうっと立ち上がった。教室の後ろをまわり、こっそりと後ろのドアをあけた。

ふりかえると、メイソンが口を大きく動かして、わたしに何かを伝えようとしている。

ノブをつかんだまま、メイソンの口を読んだ。

「……めんどうなことに……」

つまり、「そんなことしたら、めんどうなことになるぞ」と警告《けいこく》してくれているのだ。

ドアのすき間から廊下《ろうか》をのぞいた。いつも廊下《ろうか》をのし歩いている校長先生と鉢合《はちあ》わせでもしたら、それこそたいへんなことになる。

わたしは廊下《ろうか》に出ると、トラヴィスのいる幼稚園《ようちえん》クラスへ行くのに、廊下《ろうか》を通るのはやめて、少し行ったところのドアから、校庭に出た。犬がすばやくわたしを見つけて、カエデの下で顔を上げた。わたしは、「そこにいなさい」と合図を送り、それから、胸いっぱいに、過ぎゆく夏のにおいを吸《す》いこんだ。

校庭では、四年生がひと足先に休み時間をとって、バレーボールをしている。ボールがわたしの方にはずんできた。

「おーい、そこの子、ボールとって！」

わたしは、その男の子の方へボールをけってやった。

特別クラスの窓《まど》の下を頭をかがめて通りすぎ、校舎《こうしゃ》の端《はし》をまわって、幼稚園《ようちえん》クラスの窓《まど》の方へかけていった。

幼稚園《ようちえん》クラスの窓《まど》ガラスには、段《だん》ボールで作った赤や黄色の葉っぱが貼《は》りつけられている。わたしは、その葉っぱのすき間から、中をのぞき見た。

テーブルの下に並《なら》んだ足が見える。サンダルをはいた女の子たちの足。スニーカーをはいた男の子たちの足。茶色い丸いかさぶたのあるひざが見えた。トラヴィスの足だ。わたしは、段《だん》ボールの葉っぱにかくれながら、トラヴィスの顔をのぞき見た。トラヴィスは、青い目からボロボロ涙《なみだ》をこぼして泣いていた。

ああ、中に入っていって、トラヴィスに話しかけられたら、いってあげるのに！

「がんばって、トラヴィス。だいじょうぶよ、勇気をだして！」

そのとき、トラヴィスがふと顔を上げた。わたしは、大きく手をふって、ほほえんでみせた。

トラヴィスは、まだ泣いている。

わたしは、鼻の頭を指で押《お》し上げ、ブタの顔をしてみせた。

トラヴィスが、腕《うで》で頰《ほお》をぬぐった。

わたしはまた、別のおかしな顔をしてみせた。

トラヴィスが、ほほえんだ！

ほらね！

わたしは窓《まど》から離《はな》れると、大急ぎで校舎《こうしゃ》に入り、女子トイレに立ちよった。教室から出たのが見つかったときのいいわけに。

教室のドアをあけると、すぐにわかった。よかった！　わたしがぬけだしたことに気づいた者はだれもいない。

メイソン以外は。

そのメイソンが、わたしに向かって、新しいふたり組のカードを高く上げた。

カードには、「ジュディス」の文字。

じゃあ、わたしのカードは「メイソン」ね。

13

きょうの午後は、カウフマン先生のところへ行くことになっている。ドアの窓《まど》から中をのぞくと、カウフマン先生がひとり、コンピュータに向かって何か仕事をしていた。ごわごわした口ひげの先っぽを噛《か》みながら。

先生のこの部屋は、最高。壁《かべ》には、真っ白いウサギをぶらさげた魔《ま》術《じゅつ》師《し》の写真がかけてあって、テーブルの上には、ブドウを盛《も》ったガラスのボウルがおかれている。

「百年前、この学校に来たとき、この写真をかけたんだよ」と、以前カウフマン先生がまじめな顔をしていった。

部屋に入ると、先生はわたしに向かって両手を上げ、魔《ま》術《じゅつ》師《し》が魔《ま》法《ほう》をかけるようなしぐさをした。わたしは思わずほほえんだ。

「こんにちは、ジュディス」先生は、キャスターつきの椅子《いす》にすわったままゴロゴロとやってきて、わたしの耳をちょっとさわった。

「こりゃ、おどろいた！　こんなところに、25セント玉があったぞ」

と、わたしの耳から硬貨《こうか》をとりだしてみせる。

10セント玉のときもあれば、折りたたんだ1ドル紙幣《しへい》のこともある。どうなってるんだか、さっぱりわからないが、とにかく毎回わらってしまうのだ。

わたしは自分がわらうときの、のどの鳴る音がすき。カウフマン先生もすきなんだそうだ。

「泉《いずみ》に水が湧《わ》き上がってくるみたいだ。しゃべったら、きっとこんな声だろうな。そのうち聞けるぞ」

たぶん、そのうち。

わたしがそう思ったのも、先生はすぐわかる。

「わたしのいうことに、まちがいはない。魔術師《まじゅつし》はなんでもわかるんだから」

そこで、わたしはまたわらった。もじゃもじゃ頭に黒いシルクハット。魔術師《まじゅつし》すがたの先生が目に見えるようだ。はじめて先生に会ったとき、先生は、スクールカウンセラーだと自己紹介《じこしょうかい》したが、その呼《よ》び名《な》はあまりすきじゃないらしい。

そういえば、少し前に医者に行った。その人は、わたしといっしょにあそびながら、ずりおちるめがねをしょっちゅう押《お》し上げる、やっぱりおもしろい人だった。

「きみは選択性無言症《せんたくせいむごんしょう》だ。しゃべることはできるんだが、今はそれをおそれてるんだ」

選択性無言症《せんたくせいむごんしょう》？　これこそ、ひどい呼《よ》び名。

きょう、カウフマン先生とわたしは、わたしのメモ帳を全部めくって絵を見た。今度は先生がわらう番だ。先生のわらい声は、泉《いずみ》なんかとは似ても似つかない。小石をけちらして山道を登っていくトラックって感じ。

最後まで見終えると、先生が聞いた。

「さあて、最近はどうなのかな？」

わたしは、新しいページに「犬を飼ってる」と書いた。

先生が大きくうなずいた。

「そりゃ、何よりだ」

わたしはまた書いた。

「『だれも、あんたなんかいらない』っていわれた」

先生はちょっとだまっていたが、頭をふって、次のページをめくった。

「じゃあ、ジュディス。きみを『いる』と思ってる人のリストをつくってみようか」

わたしは書きだしてみた。

「コラおばさん」はもちろんだ。それから「ギデオン」、「犬」、それに「トラヴィス」。そうだ、「クワーク先生」も。

「メイソン」も入れるべき？　どうしよう？　やっぱり、入れてあげるか。

「なかなかのリストだと思うよ」とカウフマン先生がいった。

それから、先生は、「のんびり」方式のことをもちだした。「のんびり」なんて、ギデオンのボートの名前と同じだけど、先生はボートの名前は知らないはずだ。

先生は、音を立てて深呼吸《しんこきゅう》をしながら、肩《かた》を上げたり下げたりした。二回、三回と。

「あー、のんびりする！」先生はそういって、ガラスのボウルのブドウをひと粒《つぶ》ポンと口に放りこみ、そのボウルをわたしの方へ押《お》しやった。

「不安になると、いつもこうやるんだよ」と先生がにっこりわらう。「ブドウがいつもあるわけじゃないのは、残念だけどね」

先生の気持ち、わかる。そのまま絵になるよ。

のんびり
のんびり

14

その週、クワーク先生は生徒を椅子《いす》にすわらせておかなかった。算数の時間は、みんな四つんばいになって、教室や廊下《ろうか》の長さ、校舎《こうしゃ》の玄関《げんかん》の階段《かいだん》の長さを測ったりした。

そんなとき、わたしとメイソンはふたり組だった。メイソンがものさしをもって測れば、わたしがその記録をとった。

そうするうち、メイソンについて、いくつかのことに気がついた。

まず、朝いくらきちんとした身なりで登校しても、昼ごろにはとてもだらしない格好《かっこう》になっていること。まるで磁石《じしゃく》が鉄を吸《す》いつけるみたいに、メイソンのからだには泥《どろ》やこぼれたものがくっついてしまうらしい。

でも、わたしは気にしない。見かけなんて重要じゃないもの。

それより、メイソンは幸せだと思う。お母さんやお父さん、お兄さんと、そろってひとつの家に住んでいるんだから。

もうひとつ気づいたこと。メイソンはよくしゃべるということ。おしゃべり、なんてもんじゃない。のべつまくなしにしゃべりつづける。しゃべっていないときは、口笛を吹《ふ》いている。

「シーッ」長いものさしで廊下《ろうか》を測っていたソフィーが、顔を上げた。「メイソン、あんたがうるさいから、頭が働かないじゃないの」

わたしは、すきだけどな。メイソンの話し声も、口笛も歌声も、出まかせに歌う歌も。そう思って、ソフィーの方を見たが、ソフィーは知らん顔で、わざとらしく大きなため息をついた。

そうか。わかった。メイソンとわたしは、たぶんクラスで一番人気のない生徒なんだ。

今さらながら、ちょっぴりショック。

でも、それは事実だ。わたしは口をきかない変わり者だし、メイソンは年じゅうしゃべりまくっている、だらしない男の子だもの。

とにかく、この一週間もやっと終わる。あすからは、待ちに待った週末だ。

「あすの朝、九時にな」最後の授業の終わりのベルが鳴ったとき、メイソンがいった。

とっさに浮《う》かんだのは、あの別荘《べっそう》の足跡《あしあと》。メイソンは、別荘《べっそう》の裏《うら》の池で会おうといってるんだろうか？　はっきりしないまま、うなずいていた。

つぎの朝、わたしと犬が別荘《べっそう》への坂道を登っていたときだ。

「おーい！　ジュディス、どこ行ってるんだ？」

メイソンが、坂の下から呼《よ》んだ。

わたしがまだつったたってるのに、犬はメイソンの方へかけだした。ぴょんぴょんとびはねて、いかにもうれしそうだ。

わたしは、のろのろと、そっちへ下りていった。

「道、まちがえてるよ」とメイソンはいいながら、犬にベーコンの切《き》れ端《はし》をやっている。

メイソンがどこのことをいっているのか、さっぱりわからなかったが、わたしはメイソンについて歩きだした。別荘《べっそう》に行くんじゃなかったらしい。

海岸沿《かいがんぞ》いに島をひとまわりしている道をずいぶん歩いたところで、メイソンは立ちどまった。

だれもいない、吹《ふ》きっさらしの砂浜《すなはま》だ。

ここに、今は使われなくなった桟橋《さんばし》があることを、わたしはすっかりわすれていた。海につきでた古い桟橋《さんばし》はくずれかけていて、厚い木の板は何枚もなくなっている。支柱も傾《かたむ》き、たがいに支え合うようにして、やっと立っている。

でも、メイソンはそのまま桟橋《さんばし》を進んでいった。一歩一歩、注意深く足を運び、今にもはずれそうな手すりをつかんで。

だが、さすがに、二、三メートル進んだところで、立ちどまった。

犬は賢《かしこ》いから、ついていかない。波打ち際にすわり、心配そうにクンクン鳴いている。

そう、犬が感じたとおり、この桟橋《さんばし》は危険《きけん》だ。もしコラおばさんがいたら、絶対に渡《わた》らせないだろう。

メイソンは桟橋《さんばし》に腹《はら》ばいになって、わたしを呼《よ》んだ。

「来いよ！」

今メイソンが見ているのは、淡水《たんすい》にすむカメじゃないはずだ。だって、海水をのぞいてるんだから。

「ジュディス！」メイソンがまた呼《よ》んだ。

しかたがない。わたしは、そのくずれかけた桟橋《さんばし》の厚い板に、おそるおそる片足《かたあし》をのせた。それから、もう片足《かたあし》。さらにもうひと足進んだところで、そうっと腹《はら》ばいになって、メイソンがのぞいているものの方に首をつきだした。

犬が警告《けいこく》するようにほえて、砂浜《すなはま》でとびはねている。

「ここのこと、だれにもいわないつもりだったんだけどさ」栈橋《さんばし》の下で音を立ててうず巻《ま》く潮《しお》に負けまいと、メイソンが大声でいった。

支柱には、戦車みたいな鉄色の虫が、重なり合うようにびっしりと張りついている。真下の海中に、すきとおったクラゲが一匹《いっぴき》浮かんでいる。

それにしても、魚の多さ！　わたしの小指くらいの小さなものから、こぶし大のものまで、たくさんの魚が支柱のまわりを泳いでいる。

メイソンが指さした先に、ヒトデもいる。

メイソンは、ひじをついて首をつき出し、海に見入っていた。潮風《しおかぜ》に湿《しめ》った髪《かみ》が、クルクルに巻《ま》き上がっている。

「ここのこと教えてんのは、きみがしゃべれないからじゃないんだ。きみが……」メイソンが、ちょっといいよどんだ。「きみが、ふたり組の相手だからさ」

わたしは、ちらっとメイソンの緑がかった灰色《はいいろ》の目を見た。

それから、栈橋《さんばし》の下の生き物の世界に目をもどした。

メイソンは「ふたり組の相手」といったけど、ほんとうは、そういうつもりじゃなかったんだ。

わたしには、はっきりわかる。メイソンは、「きみが友だちだから」といいたかったんだ。

きっと、わたしにひとりも友だちがいないことを、知ってたのね。

そして、たぶん、メイソン自身にも友だちがいなかった……。

なんだか、自分がしゃべれないことなんか、どうでもよくなった。ヘンな子って思われてることも、なんてことない気がする。

たしか、クワーク先生が何度もいった。ちゃんと知れば、そのよさもりっぱさもわかる。人間についても同じだって。

メイソンが口を開いた。

「ここに、こんなに生き物がいるんだ。カメのことだけ調べるより、ここの生き物を全部、調べようぜ」そういって、メイソンが手をふりまわしたので、おなかの下で栈橋《さんばし》が揺《ゆ》れた。

そうよ、それがいい。

わたしたちは、共犯者みたいに、顔を見合わせて笑った。

「そして、きみが」とメイソンがわたしを指さした。「調べたことを絵に描《か》く」

わたしはうなずいた。

「みんな、目を見張るぞ！」

わらってしまうところだった。「目を見張る」は、コラおばさんの大すきなことばだもの。

わたしたちは、そのままそろそろとあとずさりして、桟橋《さんばし》を下りた。メイソンは、ポケットから紙をとりだすと、真剣《しんけん》な顔で、今見たものを紙に書きつけた。

島をめぐる道にもどったころには、太陽が高く上がっていた。暖《あたた》かい日ざしが心地よかった。

道の向こうから、ソフィーが歩いてくる。

ソフィーは顔をそむけたまま、わたしたちとすれちがった。

「まるで、おれたちが見えないみたいだったな」とメイソンがつぶやいた。

秋

Fall

15

月曜日、教室に入ると、ハリーが遠ぼえのような声を上げたので、わたしはびっくりしてとびあがってしまった。コナーは、まるでロバみたいに、ヒンヒン、まのぬけた声でわらっている。

「あいつら、ハイエナの研究でもやってんのかな」メイソンが、席についたわたしにささやいた。「な？　お似合いだろ？」

でも、この島に、ハイエナなんて、いる？

メイソンとわたしは、自分たちが何について調べているか、秘密《ひみつ》にした。メイソンは紙の上にかぶさるようにして、書いては消し、消しては書きしながら、調べたことを書きつけている。わたしは、翼《つばさ》みたいに大きなヒレをもった魚が、鳥のようにピーピー鳴きながら海の上をとびまわっている絵を描《か》いた。

メイソンはオサガメの話ばかりする。一度でいいから、オサガメを見るのが夢なのだ。

「あのな、ジュード」最近、メイソンはわたしをジュードと呼《よ》ぶ。「オサガメってのは、ものすごーくデッカくて、ウミガメの中でも最大なんだ。二メートルくらいのもいるんだ。そいでもって、二、三か月のうちに何千キロも旅するんだ。四か月で五千キロ移動したやつもいるんだぜ」

わたしはうなずきながら聞いていたが、メイソンの知識におどろいてしまった。

メイソンが小声で話しつづける。

「ほんとに、オサガメってすごいんだよ。写真も見たけど、濃《こ》い灰色《はいいろ》とか黒とかで、白い点々があって、よーく見ないと見えないんだ。クラゲが大好物で、いつもさがしてんだ。おれたちがチョコクッキーがすきなのと同じだよ」

なるほど。たしかに、メイソンのシャツにはチョコクッキーのくずがついている。

わたしはノートに「カメは変温動物です」と書いた。

メイソンはそれを見ると、遠慮《えんりょ》がちにいった。

「うーん、オサガメも変温だけど、淡水《たんすい》にいるカメとは、ちょっとちがうんだよな。オサガメの体温は、まわりの海水よりちょっぴり高いんだよ」

へえ！　おもしろーい！　でも、もっとおもしろいのは、メイソンだ。やぶれたシャツと泥《どろ》だらけのジーンズから、メイソンがこんなに物知りだなんて、だれが想像するだろう？

でも、メイソンが今何を考えてるかは、わかる。この前クワーク先生がいったことだ。十月の発表会のとき、一番めずらしい研究の発表をしたチームに賞が贈《おく》られること。

「オサガメの研究よりめずらしい研究なんて、あるか？　だって、五千キロも移動するんだぜ」

そういってメイソンは、鉛筆《えんぴつ》でよごれた指をシャツでゴシゴシふいた。

「見られたら、すごいよなあ、オサガメ」

そして、もし賞がとれたら、ほんとうにすごいことだ！

そこで、放課後、わたしたちは船着き場へ行き、栈橋《さんばし》のまわりを見てまわった。あの古いこわれかけた栈橋《さんばし》にも二、三歩上がって、海の中を見下ろし、オサガメをさがしつづけた。

でも、わたしの頭の中には、この島の近くでオサガメを見つけること以上のアイデアが浮《う》かんでいた。

オサガメと、淡水《たんすい》のカメをくらべること。

でも、それをするには、秘密《ひみつ》の場所のことを打ち明ける必要がある。

メイソンに別荘《べっそう》の裏《うら》の池のカメを見せなくては、研究にならないからだ。

見せたっていいじゃない、とわたしは自分にいいつづけた。でも、自分だけの秘密《ひみつ》の場所を人に教えるのって、けっこう思い切りがいる。

でも、やっぱり教えよう！

金曜日、家に帰ると、ギデオンがわたしに会いに来た。

ちょうどベッドの上に教科書を放って、窓際《まどぎわ》で、防水のスニーカーに足を入れたところだった。

ギデオンが、家の前の道からわたしに向かって手をふっている。人さし指を口にあて、わたしに下りてくるよう合図した。

コラおばさんの誕生日《たんじょうび》が二週間後にせまっていた。毎年、ギデオンもまじえてパーティーをするが、今年は犬も参加だ。きっと、プレゼントのことを相談するつもりなんだろう。ギデオンは、いつもぴったりのプレゼントを思いつく。わたしは、今年のプレゼント用に、もう絵を描《か》いている。おばさんがバイクで走りまわっている絵だ。

今、おばさんは台所で口笛を吹《ふ》きながら、戸棚《とだな》からなべをガタガタとりだしているところだから、気づかれる心配はない。わたしはつま先立って玄関《げんかん》から外に出ると、ドアをそっと閉《し》めた。

「ピッピ、少し歩こうか」とギデオンがいった。

なんだかいつもとようすがちがう。口ひげにかくれた口は、ほほえんでいるようだけど、どうも……。

何か心配事でもあるの？

フェリーの船着き場まで歩いていく途中《とちゅう》で、わたしは、どうしたの？というようにまゆを上げてみせた。

「うーんと、ピッピ、きみに関係することなんだ」

わたし？　誕生日《たんじょうび》のことじゃなかったの？

「話せば長くなるが、今のところは、ふたりだけの秘密《ひみつ》だ」

わたしはうなずいた。

「きみがコラといっしょに住むことになったとき、コラはほんとにうれしそうだった。おれもうれしかった。うれしいなんてもんじゃない。だって、おれたち三人は家族になれるんだから」

それから、ギデオンは首をふった。

「だが、コラは、そうは考えなかった。自分のすべての時間を、きみを育てるのに使いたいというんだ。愛情のすべてを注いで」

わたしは海の方を見やった。太陽はまだ高く、暖《あたた》かかった。そのころのことを思いだそうとすると、おばさんの家の玄関《げんかん》と、わたしの方へさしのべられたおばさんの両腕《りょううで》が目に浮かぶ。

「おれはもう一度、このことをコラに聞こうと思う」

え？　なんのことを？

そのとき、足音が聞こえてきた。

メイソン？　いっしょにカメをさがしに行こうって、さそいに来たのかな？

ふりむくと、やっぱりメイソンだった。でも、わき目もふらず、島をめぐる道を走りすぎていった。すぐ後ろから、メイソンの兄さんが両手を広げて追いかけてくる。

メイソン、また何かやらかした？

となりで、ギデオンがわたしにほほえみかけている。でも、なんだか、ぎこちない笑顔。

「つまり、おれが、きみの、まあ、父親みたいなものになるってことなんだ。だから、そうなってもいいかどうか、まず、きみに聞かなくちゃと思って」

父親というもののことは、今まで考えたこともなかった。ほんとうのお父さんについては、まったく実感がない。顔がわからないどころか、名前も知らないのだ。

でも、ギデオンが、わたしのお父さんみたいなものになる？　ってことは、ギデオンは、コラおばさんと結婚《けっこん》するってことがいいたいの？

ひとりでに顔がほころんできた。

が、そのとき、メイソンが走ってもどってきた。がっくりと肩《かた》を落として、泣きながら。

メイソンが泣いてるなんて！

泣いてるところなんか見られたくないはず。わたしは、別荘《べっそう》へ行く坂道の方に顔を向けて、気づかないふりをした。

となりでギデオンがいった。

「つまり、いやだってことかい？　ピッピ」

わたしは、あわてて首をふった。それから、うなずいて、ほほえんだ。口をあけて、いやなんかじゃない、とってもうれしいっていおうとした。

でも、声は出てこなかった。

もう遅《おそ》かった。ギデオンがわたしの肩《かた》をたたいていった。

「いいんだ。ちょっと思いついただけのことさ」

ギデオンは、すぐにわたしから離《はな》れ、桟橋《さんばし》の方へ行ってしまった。そして、停泊《ていはく》しているフェリーの中へ消えた。

すぐに追いかけなくちゃ。

でも、そのとき、出航の汽笛が鳴った。ギデオンはすぐに船を出すだろう。それに、コラおばさんも、わたしがどこへ行ったのかと心配しているはずだ。

ギデオンには、絵に描《か》いて伝えよう。ギデオンの考えに賛成だって。ぜひ、そうしてほしいって。

16

窓《まど》の外で落ち葉が風に舞《ま》っている。きょうは土曜。コラおばさんの誕生日《たんじょうび》だ。

ギデオンがやってくるのが、窓《まど》から見えた。チョコレートケーキをぶらさげている。本土の波止場近くにあるパン屋のケーキだ。

「ジャーン！　びっくりプレゼント！」台所のドアがあいて、ギデオンの声がひびいた。

コラおばさんは、ほんとにおどろくわけじゃない。だって、毎年、三人で同じようにやってるんだから。でも、おばさんは、今年も、とってもびっくりしたみたいに目を見開いて、口に手をやってさけんだ。

「まあ！　びっくり！　信じられない！」

ギデオンが、おばさんに細長い小箱を手わたした。おばさんがあけるのを、わたしものぞきこんだ。ネックレスだ！　銀色の鎖《くさり》に、オートバイの飾《かざ》りが下がっている。おばさんが、わたしを見てほほえんだ。それから、ギデオンをぎゅっと抱《だ》きしめた。

「気に入ったわ、とっても！　わたしには、この時速ゼロのオートバイがぴったりよ！」

友だちから送られてきた本も、おばさんは気に入った。そして、毎年のことながら、わたしからのプレゼントをあけるなり、涙《なみだ》を浮《う》かべた。

今年、わたしは、別荘《べっそう》の近くで白い花をつけたジャスミンを見つけた。それを株《かぶ》ごとぬいて、物置にあった黄色いプランターに植えた。そして、クリスマスの包み紙を裏《うら》がえしにしてそれを包み、髪《かみ》をむすぶ金色のリボンをかけたのだ。

「うれしい！　ジュビリー！　あなたはわたしのすべてよ」

これを聞いて、思いだした。ギデオンが家族になりたいっていってたのを。その答えを伝える絵は、もう描《か》いてある。ギデオンに早く渡《わた》さなくちゃ。

今年はもうひとつ、誕生日《たんじょうび》のためにわたしがしたことがある。この一週間、おばさんに来た誕生日《たんじょうび》のカードを全部、郵便箱《ゆうびんばこ》からぬいておいて、きょう一度におばさんに渡《わた》したのだ。その方がお祝いらしいと思って。その中には、母さんから来たカードもあった。母さんの字は何度も見てるから、すぐわかる。

おばさんはいつも、誕生日《たんじょうび》に全部のカードをあけて、わたしとギデオンに読んで聞かせる。

でも、今年はちがった。

おばさんは、母さんのカードをあけて目を通すと、自分の皿の下にさっとかくし、つぎのカードをあけたのだ。

食事のあと、わたしは外に出て、犬にも誕生日《たんじょうび》のごちそうをやった。いつもの二倍のドッグビスケット。でも、頭の中では、ずっとカードのことを考えていた。

台所にもどってくると、まだ皿の下にカードがあった。おばさんは、あすのミサに教会に飾《かざ》る花をさがしに庭に出ている。ギデオンは、つぎのフェリーを操縦《そうじゅう》するため、もう船着き場に行っていた。

わたしはテーブルの上を片《かた》づけた。くしゃくしゃのナプキン、コップ、ケーキ皿、そんなものを全部片《かた》づけると、あとは、コラおばさんの皿と、皿の下の例のカードだけになった。

このままカードを放っておくことは、どうしてもできない。

わたしはよごれた手を誕生日《たんじょうび》用のナプキンでこすりながら、カードの封筒《ふうとう》に書かれた差出人の住所を見た。

これ、ほんとうに母さんからのカード？　だって、そこに書かれている住所は、本土のフェリーの船着き場の町名だ。

もし、わたしがカードの中身を読んだら、おばさんは、怒《おこ》る?

今まで、わたしが何をしても、おばさんは一度だってとがめたことがない。

「大すきよ、ジュビリー。わたし、あなたほど愛した人はひとりもいないの」が、おばさんの口ぐせだ。

わたしは皿を押《お》しやり、カードをとりあげた。

やっぱり。

「アンバーより」

母さんからだ。

大きな丸っこい字で、こう書かれていた。

コラ姉さんへ
あたしが、長くひとつの場所にいられないことは、知ってるよね。今、メイン州に帰ってきてるの。スミス通りよ。本屋で働いてる。あたし、あの娘《こ》にとっても会いたいの。あんなことしなければよかったって、後悔《こうかい》してる。あたしがカリフォルニアから帰ってること、姉さんはあの娘《こ》にいいたくないかもね。

いったら、あの娘《こ》が動揺《どうよう》すると思うんなら、いわないで。判断は、姉さんに任せるわ。

アンバーより

わたしはドサッと椅子《いす》にすわりこんだ。アンバーがとっても会いたいという相手は、このわたしなのだ。アンバーは母親として、あのことを後悔《こうかい》している。わたしが望んでいたとおりに。

カードを皿の下に押《お》しこんだ。テーブルに皿とカードがポツンとおいてあるなんて、どう見てもヘンだ。でも、わたしは涙《なみだ》があふれてきてよく見えないし、今にも泣きだしてしまいそう。

急いで自分の部屋に入ると、窓《まど》を全開にして、顔を潮風《しおかぜ》にさらした。

それから、犬といっしょにベッドに寝転《ねころ》がった。

まもなく、コラおばさんが庭から家に入ってきたのがわかった。冷蔵庫《れいぞうこ》のドアをパタパタ開《あ》け閉《し》めする音や、なべをコンロにかけるガチャガチャいう音が聞こえる。夕食の支度をはじめたのだ。

きっと、おばさんは、母さんからのカードをどこかにかくす。母さんのことをわたしにいおうかいうまいか、じっくり考える。わたしが知るかぎり、おばさんはすぐにはきめない。すごく、すごーく時間をかける。

わたし、そんなに待てないよ。

17

つぎの朝、コラおばさんは、二匹《ひき》の大きな黒い毛虫が地面をはっているのを指さし、おもしろいことを教えてくれた。

「まるでチョコレートキャンディーそっくりの色でしょ？　これって、今年の冬はいつもより寒くなるってことなの」

寒い冬は望むところ。雪におおわれた島であそぶのも、雪が白く浮《う》かぶ闇夜《やみよ》に、ふわふわのスリッパはいて温かいバスローブにくるまって本を読むのも、大すきだ。

母さんも雪がすきかな？　黒い毛虫のこと、知ってる？

あれもこれも知りたい、母さんのこと。もし、いっしょに……。

ダメ、ダメ。

わたしはあわてて首をふった。

けさ、コラおばさんは、今年最後のトマトの収穫《しゅうかく》をした。そのトマトをていねいに切ってなべに入れ、のぞきこんでいる。そのうち、台所には湯気が立ちこめ、窓《まど》ガラスは白く曇《くも》るだろう。

「はい、トマトの恵《めぐ》み！」おばさんが、まだ太陽のぬくもりを宿している赤いきれいなトマトをわたしにくれた。「あなたの髪《かみ》とそっくりの色ね」

もうすっかり秋。わたしはトマトのやわらかい肌《はだ》に歯を立てた。空は高く澄《す》みわたり、道端《みちばた》のリンゴの木はもう色づいた実をつけている。

わたしはおばさんをきゅっと抱《だ》くと、犬をつれて、メイソンに会いに船着き場に走った。たくさんの絵をはさんだファイルを抱《かか》えて。

もう決心していた。メイソンはほんとの友だち。だったら、別荘《べっそう》の池のことも教えて当然だ。メイソンに見せてやろう。枯《か》れた木にカメがどっさり甲羅干《こうらぼ》ししているところも、澄《す》んだ水の中にあわててにげこむようすも。

メイソンは道の先で待っていた。ジーンズについたリンゴくらい大きなふたつのしみを、手でこすっている。

「ヘイ、ジュード！」メイソンがわたしを呼《よ》んだ。

わたしは手招きして、別荘《べっそう》へと登っていく道を指さした。

「え？　そっちじゃないだろ」

でも、わたしはさっさと坂を登っていって、肩《かた》ごしにメイソンを見やった。メイソンが肩《かた》をすくめ、わたしを追ってくる。

黄色く色づいた木の葉が、日の光にチラチラ揺《ゆ》れているのを両側に見ながら、わたしたちは坂道を登っていった。

と、そのとき、犬が小さくクーンと鳴いた。

トラヴィスだ。ねじけた小さな松の木のそばにトラヴィスがいて、クルクルまわっている。翼《つばさ》のつもりだろうか、小さな青いベビー毛布をかざして。それとも、ビニールシート？

ソフィーは見あたらない。

トラヴィスがとまって、手招きした。それから、しゃがんで青い毛布の下にかくれた。メイソンとわたしは、顔を見合わせてわらったが、そのまま通りすぎていった。やがて、別荘《べっそう》の玄関《げんかん》においたツタのかたまりが見えてきた。

わたしたちは、池の方へまわった。胸《むね》がドキドキする。あれを見たら、メイソンはなんていうだろう。

とうとう、池に着いた。

メイソンが、立ちどまってさけんだ。

「うわー！　ジュード！　すげえよ！」

わたしとメイソンは顔を見合わせ、ほほえみあった。池の岸に、四、五匹《ひき》のカメが重なり合って日光浴している。太陽の方へ首を伸《の》ばし、四本の足を広げて。

「おれたち、書けるよ……」

最後までいわせず、わたしはメイソンにうなずくと、手を引っ張って、岸にふたつ並《なら》んだ石にすわらせた。そして、わたしが描《か》いた絵を見せた。

倒木《とうぼく》の上に、天まで積み重なっているカメ。カエルに噛《か》みつこうとしているカメ。とんできたサギに、あわてて首を引っこめているカメ……。

カメについて、わたしの知っていることを全部、絵に描《か》いたのだ。

メイソンが、楽しそうにわらっていった。

「きみ、天才だよ」

そのとき、フェリーの汽笛が聞こえた。

「おれ、家に帰んなくちゃ」

立ち上がってかけだしたメイソンを、手をふって見送った。わたしには、ここに残ってやりたいことがあったから。わたしと犬は、メイソンが見えなくなるまで待った。

それから、別荘《べっそう》に向かった。玄関《げんかん》をふさいでいる石を押《お》しのけ、中に入る。引きよせられるように、寝室《しんしつ》の銀色の鏡台の前に行って、すわった。ここでだけ、わたしはしゃべることができるのだ。

「わたし、母さんに会いたい」

だって、母さんのカードに書いてあったんだもの。あの娘《こ》に会いたいって。

「でも、じゃあ、どうしてわたしをおいていったの？　わたしのどこがいけなかったの？」

犬が入ってきて、となりにすわった。わたしは、鏡の中の自分を見つめていった。

「待ってられない。わたし、母さんに会いに行く」

わたしは、ドサリと椅子《いす》の背《せ》にもたれた。

「そうよ、わたし、なんとかして、母さんに会いに行く」

そして、ずっと母さんと暮《く》らす？　それとも、二、三日いるだけ？　母さんは、ほんとにわたしと暮《く》らす気だろうか？

「あすの夜。島を出るのは、あすの夜よ」

わたしは、思いっきり大きく息を吸《す》いこんだ。そして、カウフマン先生がやってみせたように、肩《かた》を上げたり、下げたりした。

落ち着け、落ち着け。のんびり、のんびり。

「よし、わたしには、できる」

寝室《しんしつ》を出ると、犬もついてきた。ちょっぴり不安はあるが、この計画はきっとうまくいく。

犬といっしょに、ゆっくりと道をもどっていった。途中《とちゅう》でトラヴィスに会うと、「ぼく、巨人《きょじん》！」とさけんで、わたしにわらいかけた。前歯のぬけたトラヴィスは、巨人《きょじん》というより、ハローウィンのお化けカボチャみたいだ。

わたしは、トラヴィスにわらいかえしたが、急にうんとこわい顔をして、手をドラゴンのかぎ爪《づめ》みたいにしてみせた。

トラヴィスの喜んだこと！

でも、そのとき、いきなりどこからかソフィーが現れた。わたしのこわい顔を見たのだろう。あきれたように頭をふると、何もいわずにトラヴィスの手をつかんだ。そして、わたしを押《お》しのけるようにして、おそろしい勢いでつれさった。
いいわけしようと口をあけたが、ことばは出ない。
これじゃ、ヘンな子と思われてもしかたがないわけだ。
気にしない、気にしない。わたしにはメイソンという友だちがいるもの。
それに、ほんとの母さんも。

18

さっきから、キルトにくるまり、ベッドにすわりこんで考えていた。犬はわたしの足の上に寝《ね》そべっている。

着いたら、ドアをノックする。待ってると、母さんが出てくる。なんていうだろう？　わたしを抱《だ》いてくれるだろうか？

その前に、どうやって、その玄関《げんかん》まで行く？

目をつむって考えた。まず、だれにも見られずに、島を出なくちゃならない。でも、透明《とうめい》人間じゃあるまいし……。

そうだ、メイソンがかくれていたあのボート。あれをちょっと借りたら？　でも、本土まで操縦《そうじゅう》して行ったら、本土の海岸においておくことになる。きっと持ち主はあちこちさがすだろうけど、見つけられないかもしれない。

そうしたら、盗《ぬす》んだってことになる？

ダメ、ダメ！　とんでもない！

じゃあ、フェリー？

こっそり乗りこんで、消火用ホースと救命胴衣《きゅうめいどうい》が入ってる保管庫の中に入ってかくれていよう。知り合いがフェリーに乗ってるとまずいから。

住所は、たしかスミス通りだった。それは覚えている。でも、番地は？　スミス通りに十軒《けん》も二十軒《けん》も家があったら、どうするの？

やっぱり、あのカードをもう一度見なくちゃ。

朝だ。きょうは月曜。島を出るのは、今夜だ。わたしはいつものように朝食をとり、学校へ行った。

それから最後の授業が終わるまでの長い時間、ひたすら、教室の壁《かべ》にかかった時計を見てすごした。終わりのチャイムが鳴るが早いか、わたしは真っ先に教室をとびだした。コラおばさんより早く家に着かなきゃならない。おばさんがのんびり歩く人で、助かった。いつも、おばさんは何度も立ちどまって、木々をとびかう鳥を楽しそうに見上げたり、道端《みちばた》の花に話しかけたりしながら、のんびりと帰ってくる。

そのあいだに、さがしだすのだ。いろんなものを裁縫箱《さいほうばこ》の中や台所の引き出しにためこむのが、おばさんのくせ。だから、しょっちゅう、あらぬところからあらぬものが出てくる。

家に着くと、わたしはすぐに裁縫箱《さいほうばこ》を見てみた。でも、糸巻《いとま》きがごちゃごちゃ入った中に、母さんのカードはなかった。箱の外側のポケットにもない。かわいいガラスのボタンが何個か入っていたが、これはわたしのベビードレスについていたもの。

そのあと三十分もかけて、台所の戸棚《とだな》や、ナイフやフォークが入った引き出し、食料品を入れた小部屋の中をさがしまわった。

だが、結局、台所にはなかった。

窓《まど》から通りを見てみた。コラおばさんのすがたはまだ見えない。

きっと、カードはおばさんの寝室《しんしつ》だ。

でも、こっそり入るなんて、どうしてできる？　おばさんは、わたしの部屋に入るときは必ずノックするし、勝手にわたしのタンスをあけるなんてことも、したことがない。

わたしは泣きたくなった。どうすればいいの？　住所がわからなきゃ、母さんをさがすことはできないよ。

居間の時計がひとつ鳴った。ということは、もう四時半。

矢も楯《たて》もたまらず、わたしはおばさんの部屋にかけこんだ。

金色と緑色のキルトのベッドカバーと、つやつや光る鏡台にちょっとだけふれると、つぎつぎにタンスの引き出しをあけていった。イヤリングがたくさん入った小箱、パジャマ、ドーナツみたいに巻《ま》いたソックス……。でも、カードはない。

こんなこと、いけないことだ。まちがってる。そう思いながら、おばさんのセーターの下にまで手を入れてさがし、とうとう一番下の引き出しをあけた。

入っていた。スカーフや毛糸の手袋《てぶくろ》といっしょに、手紙とカードの束が。

でも、こんなにたくさんじゃ、全部見るのに一生かかってしまう。おばさんが、もう、家の前の道まで来てるかもしれないのに。

大急ぎで、片《かた》っ端《ぱし》からカードや手紙を見ていった。おばさんの誕生日《たんじょうび》にわたしが贈《おく》ったカードが全部ある。五歳《さい》のわたしが、赤いクレヨンで大きなハートを描《えが》いたバレンタインカードも。

今、玄関《げんかん》のあく音がした？

あった！　母さんのカードが。封筒《ふうとう》の端《はし》に「スミス通り、四一六番」。

これで、家が見つかる！

その家に着いたら、チャイムを押《お》す。母さんがドアをあける。そして、こういう。

「いつか来てくれると思ってた」

「ジュビリー！　ただいま」

コラおばさんだ。

わたしは急いで引き出しを閉《し》め、キルトを平らにならし、わたしの部屋にかけこむと、ベッドにすわった。息を切らして。

なんてことしちゃったんだろう？　もし、わたしがしゃべれたら、きっとコラおばさんに白状してしまったにちがいない。

少したって、ギデオンが夕食にやってきた。よくひびく太い声が家じゅうを満たす。

「月曜の夜は、ミートローフとマッシュポテト。これよりうまいものが、どこにある？」歌うようにいって、わたしにウィンクをよこした。

ほんとうは、ギデオンもわたしも月曜のメニューはにがてなのだ。

コラおばさんが声を立ててわらった。

今夜のことを思うと、わたしはミートローフもマッシュポテトもほとんどのどをとおらなかった。
自分の部屋にもどって、コラおばさんに短い手紙を書いた。
おばさんのこと、大すきよ。でも、わたし、母さんに会いたいの。
ずっと前から、そう思ってたの。
でも、コラおばさんと離《はな》れて、わたし、どうやっていくんだろう？
わたしがいなくなったら、おばさんはどうなるの？

19

しのび足で、窓辺《まどべ》によった。もうずいぶん遅《おそ》い時間だ。月が庭を明るく照らしている。でも、前の道は暗くて静まりかえっている。わたしはそっと部屋のドアをあけてみた。コラおばさんの部屋は、もう電気が消えている。

もう一度、もっていくものを考えてみた。大荷物を抱《かか》えていくわけにはいかない。フェリーの保管庫は、わたしが入っただけで、きっとほとんどいっぱいだ。

上着を着て、ポケットにメモ帳を押《お》しこんだ。フェリー代を払《はら》えるくらいのお金はもっている。

ひまなとき読む本を一冊《さつ》だけもっていこう。文庫本でなくちゃ。部屋の本棚《ほんだな》に指を走らせて、開拓《かいたく》時代の少女が主人公の本を一冊《さつ》選んだ。

廊下《ろうか》に出て、耳をすます。コラおばさんはたしかに眠《ねむ》っている。つま先立って玄関《げんかん》までいき、そうっとドアをあけた。と、犬が後ろについてきているではないか。

そうだ、犬がいたんだ！

どうして、この犬のことをわすれてたんだろう！

わたしは犬のそばにすわりこんで、背中《せなか》のやわらかい毛、ビロードのような耳をなでた。そして、顔を近づけ、犬にキスしてもらった。

この犬をおいてはいけない。

でも、つれていくなんて、無理だ。

フェリーの汽笛が鳴った。出航は三十分後。最終便だ。

きっと、コラおばさんがこの犬の世話をしてくれる。でも、それだけじゃ足りない。犬には子どもが必要なのだ。いっしょに走りまわったり、夜、よりそって寝たりするような子ども、ちょうどわたしがしてきたみたいに犬をかわいがる子どもが！

そのとき、一軒《けん》の家が浮《う》かんだ。まわりの柵《さく》がぐらぐらになっている大きな家。

メイソンの家。

そう。メイソンはこの犬が気に入っている。そして、犬も、きっとすぐにメイソンが大すきになる。

犬とメイソンは、いっしょに別荘《べっそう》の池に行くだろう。海岸へ行って並《なら》んで海をのぞきこみ、オサガメをさがすだろう。

わたしは犬の頭のてっぺんにキスすると、首輪にメイソンへのメモをはさんだ。

「元気でね」とささやき、自分をはげまして立ち上がった。

急いで部屋にもどって、コラおばさんへの短い手紙に、犬がどこにいるかを書きくわえた。あすの朝、犬がいなかったら、おばさんは心配するはずだもの。

メイソンの家に走っていくと、犬もついてきた。門をあけ、中を指さす。すぐに犬は、中に入らなきゃいけないとわかったようだ。

犬は、中に入った。が、わたしが門を閉《し》めると、頭をたれ、しょんぼりとしっぽをふった。それから、のどの奥《おく》で低く鳴いた。

わたしは涙《なみだ》があふれて、しばらくそこから動けなかった。今までは、何をするにもいっしょだったのに。

ついに、船着き場の方へかけだすと、犬は悲しそうにほえた。わたしは走りながら耳をふさいだ。

どうか、メイソンが犬の鳴き声を聞きつけて、外に出てきてくれますように！

ありがたいことに、フェリーの切符《きっぷ》売り場の人は知らない人だった。ゲートをくぐるのは、わたしが最後。大急ぎでタラップを渡《わた》って、船内に入る。

広い客室の真ん中の通路を通るときは、なにげなく手で顔をかくした。わたしだとだれにも気づかれないように。それに、こんな夜遅《よるおそ》いフェリーになぜ女の子ひとりで乗っているのか、あやしまれるのもまずい。

わたしは中央デッキの消火用ホースを入れた保管庫をあけ、からだを丸めて入りこんだ。フェリーはすぐ汽笛を鳴らし、外海に向かって出航した。

保管庫の中は息苦しく、燃料の重油のにおいで気分が悪くなった。足元には幾重《いくえ》にも巻《ま》かれたゴツゴツした太いロープ。その上にしゃがんで、ひざを抱《だ》き、できるだけ浅く息をした。

暗がりの中で目を閉《と》じると、いろいろな思いが浮《う》かんでくる。

今ごろ、犬はメイソンといっしょにいるだろうか。コラおばさんは、きっと朝まで、わたしの手紙を見ることもなく眠《ねむ》ってるはず。クワーク先生は？　ギデオンは？　わたしの父親になりたかったギデオンは、わたしがそう望んでいることをまだ知らない。絵を渡《わた》すのをわすれたから。ソフィーは、たぶん、わたしがいなくなって喜ぶだろう。

熱い涙《なみだ》が頬《ほお》を流れた。

わたしは母さんを想像した。わたしに会いたがっている母さん。きっと両手を広げて迎《むか》えてくれる。

永遠とも思える時間がたったころ、ようやく着岸する音がして、フェリーが本土の桟橋《さんばし》に着いた。

わたしは急いで船を降《お》りた。船長は顔見知りだから、見つかったらたいへんだ。外に出ると、夜の冷たい空気を胸《むね》いっぱいに吸《す》いこみ、駐車場《ちゅうしゃじょう》のかげにかくれた。あちこちから車のドアを開《あ》け閉《し》めする音がして、車がつぎつぎに出ていった。

わたしはすぐには出ていかなかった。まず、自分のいる場所を知らなきゃならない。そのとき、まるで魔法《まほう》みたいに、街灯に照らされた「スミス通り」の標識が目に入った。

幸先《さいさき》がいいっていうのは、このことね！

わたしはスミス通りを歩きだした。つかれていたし、寒かったが、とにかく、もう母さんの家はすぐそこなのだ。

あてずっぽうに道の右側を歩いていくと、二軒《けん》ずつつながった家が並《なら》んでいた。でも、暗くて、玄関《げんかん》の横についている番号がよく見えない。

ずいぶん歩いたところで、目指す番号をずっとすぎていることがわかった。わたしはふりかえって、今歩いてきた道を見た。

電灯のついている家は、二、三軒《けん》しかない。街灯も薄暗《うすぐら》い。もと来た道をもどるうち、身ぶるいがするほど寒くなった。通りにいるのはわたしだけ。そばに犬がいないというのは、なんて奇《き》妙《みょう》な感じだろう。それに、島で聞きなじんだ音が、ここではまったく聞こえない。

四つ角で、道の反対側へ渡《わた》ってみた。目をこらすと、なんとか玄関横《げんかんよこ》の番号が見える。

四二〇、四一八、てことは……、あった！　四一六。

その家は、わたしの髪《かみ》の毛そっくりの赤いレンガ造りだった。でも、どの窓《まど》も真っ暗。一階も二階も。

なぜか急に、ベルを押《お》して母さんを起こしてはいけないような気がしてきた。

その辺に丸くなって、朝になるまで待った方がいい？

そのとき、ドアベルの上に、ほんの小さな灯りがついているのを見つけた。わたしは意を決して、小さな前庭の道を玄関《げんかん》まで歩いていき、ベルを押《お》した。家の中から足音がしないかと耳をそばだてて待ったが、しんとしている。

木製のドアに手をあてたまま、ライオンの飾《かざ》りのノッカーを見つめた。このノッカーでドアをたたけば、きっと近所じゅうの人が目を覚ます。そんなことは、できない。

じゃあ、どうすればいいの？

ここにすわってドアにもたれ、目を閉《と》じて朝を待とうか。朝になれば、母さんがわたしを見つけて……。

足音だ。

足音が階段《かいだん》を下りてくる。

廊下《ろうか》を歩いてきてる？

わたしは両手をにぎりしめた。手がふるえてしかたがない。

今まで何度思い描《えが》いただろう。母さんがドアをあける。わたしを見る。そして、そのとき、ついにわたしの声が出るのだ。

目の前のドアがあいた。女の人が顔を出した。豊かな髪《かみ》は、わたしの髪《かみ》そっくりの赤毛。でも、カールはわたしのよりゆるい。背《せ》はコラおばさんより高くて、もっと若《わか》くて、やせている。その人が、何かいおうとしてためらった。くちびるがふるえている。

わたしは口をあけた。

「わたし、ジュディスよ」といおうとした。

「母さん」といおうとした。

が、声は出なかった。

でも、声を出す必要はなかった。

その人はドアを大きくあけて、両手を伸《の》ばし、そっとわたしの両肩《りょうかた》に手をおいた。

わたしの巣へ
ようこそ

20

その人は、わたしの肩《かた》を引きよせ、わたしを玄関《げんかん》の中に入れた。薄《うす》暗《ぐら》い灯りの下で、わたしたちはたがいに見つめ合った。

わたしの頭の中の母さんの顔にずっとくっついていた、はてなマーク。それが、今消えた。もう二度ともどってくることはないだろう。実際、母さんの顔は、見知らぬものではなかった。コラおばさんと同じ、青みがかった灰色《はいいろ》の目。わたしと同じ、そばかす。

わたしたちは、廊下《ろうか》を通って台所に入った。母さんがパチッと電気のスイッチを入れた。

「来るって、わかってたの。えーっと、ジュディス？　今は、みんなにそう呼《よ》ばれてるの？」と母さんが聞く。

わたしはうなずいた。

それで、わたしは母さんをなんて呼《よ》べばいい？

母さんは首をふった。

「その呼《よ》び方《かた》になれなくちゃ。あんたのこと、ここんところはずっと、ジェイって呼《よ》んでたから」

母さんが、椅子《いす》にすわるよう手招きした。

「ブルージェイのジェイよ。アオカケス、知ってるよね？」

ジェイ？　わたしの名前じゃない。ぜんぜんわたしらしくない。

これじゃ、まるで知らない者同士みたいじゃない？　でも、考えてみれば、実際わたしたち、知らない者同士なのだ。

母さんが、赤い髪《かみ》を後ろに払《はら》った。

「姉さんが、四、五分前に電話をくれたの。あんたが来るって。ちゃんと着くかどうか心配だったんじゃない？　あんたが着いたら、あたしから電話ちょうだいって」

母さんは、また自分の髪《かみ》をいじった。

「もっと前に知ってれば、栈橋《さんばし》に迎《むか》えに行ったのに」

そんなこと、どうでもいいよ。わたしはもう来たんだから。こうやって、母さんの台所にすわってるんだから。

母さんだけど、知らない人の前に。

そうか。あの後、コラおばさんは目を覚ましたんだ。もう、わたしが家を出たことを知ってるんだ。

とつぜん、キリキリと胸《むね》が痛《いた》んだ。

おばさんは、わたしがおばさんをきらいになったと思ったんだろうか？

母さん、と呼《よ》ぶより、アンバーといった方がしっくりくるので、わたしは心の中でアンバーと呼《よ》ぶことにした。アンバーが電話をかけている。わたしが無事に着いたことを伝えると、受話器の向こうでコラおばさんが何かいった。

アンバーは、たったひと言、こうこたえただけだった。

「元気よ、心配ないから」

受話器をおいて、アンバーがわたしにいった。

「姉さんがね、あんたに伝えてって。『ちゃんとわかってるから、だいじょうぶよ』って」

でも、この胸《むね》の痛《いた》みは？　だいじょうぶっていえるの？　わたしがずうっと想像していたのと、何かがちがう。こんなはずじゃなかった……。

アンバーは冷蔵庫《れいぞうこ》をあけた。

「なんにも入ってないわね。あした、いっしょに買い物にいこう」そういうと、オレンジジュースのパックをとりだし、ふたつのコップに注いだ。「あたし、料理、ダメだから」

わたしは、アンバーの動きを目で追った。アンバーは、毛皮みたいなやわらかい生地のバスローブを着ていた。一番上のボタンがとれている。クッキーの箱をあけて、皿の上にザーッと中身をだした。

「あしたは、少しのあいだ、家にひとりでいなきゃなんないよ。あたしは仕事だから。でも、あんたはここに住むことになるんだよね。朝になったら、いろいろ話し合おう」

もうわたしはこたえようともしなかった。声が出ないことがわかったから。ジュースをちょっぴり飲んで、クッキーを一口かじったら、どっとつかれが出た。コラおばさんのいい方でいえば、骨《ほね》の髄《ずい》までくたくた。ギデオン流にいえば、へろへろ。犬なら、あごがはずれるほど大口をあけて、あくびをするところだ。

つい、あくびが出た。あわてて手でかくしたが、アンバーに見られてしまった。

「つかれて当然だよ。さあ、二階に上がって。客用の寝室《しんしつ》は、ちょっと散《ち》らかってるけど」そういってから、アンバーはひとりでわらった。「ちょっとじゃないの。うんと散《ち》らかってる。でも、なんとかなるから、ジェイ、じゃなかった、ジュディス。なんとかなるよ。ふたりで、一歩一歩やっていこう」

ジュースを飲み終えると、アンバーが先にたって二階に上がり、廊下《ろうか》のつきあたりの部屋に入った。小さな部屋だった。居心地のいい部屋だといえるかもしれない。でも、あまりにもつかれていて、考えることができなかった。アンバーはおやすみをいって、ドアを閉《し》めようとした。

でも、ふりかえって手を伸《の》ばし、わたしの髪《かみ》をそっとなでた。アンバー自身の髪《かみ》とそっくりの赤い髪《かみ》を。それから、ぎゅっとわたしを抱《だ》くと、ドアをあけたまま出ていった。アンバーが廊下《ろうか》を自分の部屋まで歩いていくのを、わたしはドアのところから見送った。

結局、アンバーはいわなかった。なぜ、わたしをおいて去っていったのか。何が、どう悪くて、そんなことをしたのか。

でも、たぶん、あすには……。

上着をぬいで、ベッドの上へ放った。靴《くつ》をぬぎすて、キルトを引き上げて中にもぐりこんだ。足を伸《の》ばしたが、何か足りない気がする。

犬だ。いつもは、犬がわたしの足のあたりに丸まって眠《ねむ》り、体温と心地よい重みで、キルトの上からわたしの足を温めてくれていたのだ。

ああ、あの犬がまだひとりぼっちで外にいたら、どうしよう？　メイソンが犬に気づいていますように！　そして、家の中に入れてくれていますように！　そうすれば、犬はメイソンのベッドの上で眠《ねむ》れる。あったかくて安全な場所で。でも、実際にはどうだか、たしかめようもない。

わたしは母さんのことを思った。アンバーのことを。顔はコラおばさんに似ていて、髪《かみ》はわたしそっくりのアンバー。アンバーのこと、わたしはどう感じてるんだろう？　わかんないよ。

いつのまにか眠《ねむ》っていたらしい。夢を見ていた。コラおばさんの夢でも、ギデオンの夢でもない。メイソンも犬も出てこなかった。わたしが見たのは、カメの夢。群れになってあそんでいるカメ。倒木《とうぼく》の上で日光浴しているカメ。

翌朝《よくあさ》早く、わたしはベッドからぬけでて、窓《まど》から外をながめた。遠くに見える海は灰色《はいいろ》で、小さな波頭《なみがしら》が立っていた。沖《おき》を航海するフェリーがおもちゃみたいに見えた。

その向こうに、島が、水平線に半分かくれながら、緑色の美しいすがたを見せていた。もうわたしの島じゃない。もしかしたら、もう二度と行けないかも。とすると、コラおばさんやギデオンにも、もう会えない？　ひょっとして、犬にも会えないとしたら？　思わず、強くくちびるを噛《か》んだ。

足音が階段を下りていく。アンバーが起きたのだ。わたしは洗面所《せんめんじょ》を見つけて、お湯をだして顔を洗《あら》い、歯ブラシがなかったので、人さし指で歯をみがいた。

よし、下りていこう。

母さんに会いに。

21

廊下《ろうか》を歩いていくと、アンバーのハミングが聞こえた。楽しげな、幸せそうなメロディーだ。わたしは、ひとつ深呼吸《しんこきゅう》してから、台所に入った。

アンバーがふりむいて、にっこりする。

「おはよう！」

そのとたん、わたしは動けなくなった。

「だいじょうぶ、わかってる。無理にしゃべんなくていいの。姉さんから聞いてる。その……。何も心配いらないから。そのうち、なんとかなるって」

わたしはやっとほほえんで、テーブルについた。

アンバーは、また、きのうのオレンジジュースをコップに注ぎ、クッキーの皿をわたしの前においた。

「あとで、コーンフレーク買いに行こう。それに、卵《たまご》もね」顔をよせて、アンバーがささやいた。「すきなだけ、ここにいていいんだからね。そのこと、わかって」それから、わたしの手首をにぎっていった。「ヘンな感じだよね、こうやって顔を合わせるのって」

そうか、わたしがどう感じてるかアンバーにはわかってるし、アンバーも同じように感じてるんだ。

でも、一番知りたいことを、わたしはたずねられない。

なぜわたしをおいて出ていったの？　わたしが何をしたからなの？

しゃべろうとしたが、息がちょっぴり出ただけ。ちょうど口笛を吹《ふ》こうとしてるみたいに。音はぜんぜん出なかった。そんなわたしを見て、アンバーはすぐにテーブルの向かいにすわった。

泣いている。

「あたしだったら、怒《いか》り狂《くる》うと思うよ。もし、母親があたしをおいて出てったりしたら。この何年ものあいだ、ずうっと、自分に腹《はら》が立ってしようがなかったよ」

わたしは身を乗り出した。いよいよ聞けるんだ。わたしが何をしたのがきっかけだったのか。

どんなまちがったことをわたしがしたのか。

だが、アンバーは壁《かべ》の時計に目をやって、いった。

「仕事だ。本屋に出かけなきゃ。一日休みをもらいたいんだけど、先週もらっちゃったんだよね。それに、もう遅刻《ちこく》だし。ねえ、ほんとにひとりでだいじょうぶ？　できるだけ早く帰ってくるから」

わたしはうなずいた。

出かけようとして、アンバーは棚《たな》に手を伸《の》ばし、貝殻《かいがら》をひとつとった。細長い巻貝《まきがい》で、茶色の小さい四角い模様《もよう》がきれいに並《なら》んでいる。

「ユーノニア。前に、島で見つけたの」アンバーがそれをわたしの手の中に入れた。「すきなら、あげる。部屋に飾《かざ》るといいよ」

わたしは、すべすべした貝の表面をなでながら、クワーク先生がこの貝のことを話していたのを思いだした。「きっといつか、見つけたいわ」と。

アンバーは壁《かべ》にかけてあった革《かわ》のジャンパーをとると、裏口《うらぐち》から出ていく前に、またふりかえった。

「ジェイ、ほんとにだいじょうぶ？　本屋の電話番号は、冷蔵庫《れいぞうこ》に貼《は》ってあるから」

わたしは手をふった。すぐに、家の中はしんとしてしまった。島だったら、フェリーの汽笛や、船体が着岸するときのゴトゴトという音や、教会の鐘《かね》やなんかが、家の中にいても聞こえるのに。

コップを洗《あら》って、ふいて、テーブルをふきあげた。それから、わたしは家の中を探索《たんさく》した。居間には、寝椅子《ねいす》がひとつに、花柄《はながら》の椅子《いす》がふたつ。食堂は、黒っぽい木のテーブルと、まわりに椅子《いす》が並《なら》んでいた。

二階に上がると、寝室《しんしつ》のドアはどちらも開けっ放しだった。

ふと、コラおばさんの部屋にこっそり入ったことを思いだした。おばさんはもう知っているのだ。わたしがおばさんのタンスをあけて母さんのカードをさがしたこと。

どう思ってるだろう？　わたしがおばさんのことを、もうすきじゃなくなったと思ってるだろうか？　だったら、おばさんにとって、わたしはもう、この上ない喜び《ジュビリー》ではなくなった？　ギデオンには、わたしが出ていったことをどう話すんだろう？

ああ、カウフマン先生だったら、わたしになんといってくれるだろう？

昨夜の寝室《しんしつ》に入ってみた。隅《すみ》っこに箱が二、三個積み重ねられている。壁《かべ》に、どこかの街の写真の額がかかっている。ちょっと傾《かたむ》いて。

箱を引きずっていって、廊下《ろうか》のクローゼットの中に片《かた》づけた。それから、ベッドを高窓《たかまど》の下までズルズル押《お》していき、ベッドに上がって、高窓《たかまど》から裏《うら》の景色をながめた。

家から家に張りめぐらされた電線。そのずっと向こうに、海。その水平線に、しみみたいな島《しま》影《かげ》が見える。

上着のポケットから文庫本をとりだした。ローラという少女が主人公の開拓《かいたく》時代の話だ。でも、なぜか文字が重なったりぶつかりあったりして、読もうとしても集中できない。

ひとつ伸《の》びをして、台所に下りていった。お昼に食べるものが何か見つかるだろう。夕食をつくってみようか。だって、今まで毎日、コラおばさんが、夕食のジャガイモをオーブンで焼いたり野菜をゆでたりするのを見てきたんだから。

戸棚《とだな》をあけて見てみたが、塩とコショウ、それにアンズのジャム以外、何もなかった。アンバーがやせてるわけだ。

わたしの上着のポケットには、まだお金が残っている。窓際《まどぎわ》に行って、通りを見てみた。島よりずっと人も車も多い。

クワーク先生なら、こういうだろうか?

「ジュディス、思い切ってやってみればいいわ」

そこで、わたしは玄関《げんかん》から出ていった。アンバーがかぎをおいていかなかったので、かぎを閉《し》めることはできなかった。

22

夕方五時に、アンバーは台所の入口に立った。

「トーストのにおいがする！　目玉焼きも焼いてる?!」

アンバーはわたしにとびかかるようにかけてきて、わたしの腰《こし》に腕《うで》をまわした。そして、いっしょにクルクル、テーブルのまわりを踊《おど》りまわった。

「すごいよ！　天才だよ！」

ふたりで台所じゅうを踊《おど》ってまわりながら、アンバーはずっとわらっていた。

アンバーがわらうので、つられてわたしもわらった。楽しかった。クルクルまわりながら、わたしはアンバーの腕《うで》に手をあずけた。

ふと、コンロの方を見ると、卵《たまご》がこげてる！

指さして教えたが、アンバーはすぐには放してくれなかった。

やっと離《はな》れたときには、ふたりとも息が切れていた。わたしが卵《たまご》をフライがえしでひっくりかえしているあいだ、アンバーはテーブルについて待っていた。

「この何年間も、あたしに料理してくれる人なんて、ひとりもいなかったよ。そして、あたしときたら、自分じゃなんにもつくれないんだから」

わたしは、トーストとバターをテーブルにおいた。アンズジャムも戸棚《とだな》からだして並《なら》べた。

「まるで天国ね！」

わたしは、ふたつの皿に目玉焼きをのせて、テーブルについた。アンバーは食べっぷりがよかった。トーストにガブリとかぶりつく顔を見ながら、わたしはうれしかった。

「すっごくおいしいよ」アンバーはそういうと、遠慮《えんりょ》がちにいいだした。「ねえ、あんたのこと……」

わたしは話をうながすように小首をかしげた。

「あたし、ずうっとジェイって呼《よ》んでたの。まだ島にいたころ、ふたりでブルージェイを見たことがあったから」

ジュビリー。ピッピ。ジュディス。ジュード。どの名前も悪くないけど、今度はジェイか。いいんじゃない？　いくつあっても。

わたしはそういうつもりで口を動かしたが、やっぱり声は出なかった。しかたなく、うなずいてみせた。

そういえば、アンバーにはまだ絵を見せていない。そこで、食事中だが、わたしはメモ帳を出して、ブルージェイが一本の枝にとまっているところを描《か》いてみせた。

目を丸くして見ていたアンバーが、目をつむっていった。

「信じられない。こんなすごいこと、あんたができるなんて」

わたしたちは卵《たまご》を食べ終わった。わたしは、ケーキミックスでつくった小さなケーキを戸棚《とだな》からとりだした。片方《かたほう》がふくれすぎていびつになったので、缶詰《かんづめ》のホイップチョコを塗《ぬ》りつけて形を整えたケーキだ。

残念ながら、ひどい味だった。ふた口食べたあと、わたしは、ケーキを放り投げるしぐさをして、「捨《す》てよう」と伝えた。でも、アンバーは食べつづけている。フォークでちょっとずつ食べては、「おいしいよ」という。

わたしは首をふった。「食べなくていいよ」と。それでも、アンバーは食べるのをやめない。

とうとう、わたしは、アンバーからケーキの皿をとりあげ、メモ帳をつかんで、こう書いた。

オエッ！　何これ？　鳥のえさ？

アンバーが大声でわらいだした。

もちろん、わたしも。声は出なかったけど。

23

それから三日間、夕食は町の食堂でとった。店内は暖《あたた》かく、湯気で窓《まど》が白く曇《くも》っている。

「あんたが一日じゅう家で何をしてるのか、知りたいな」とテーブルについていてアンバーがいった。

わたしはにっこりしただけ。実は毎日、フェリーの船着き場からずっと離《はな》れたところの海まで出かけていたのだ。

岸壁《がんぺき》に沿《そ》って、コンクリートの道がはるか先までつづいている。わたしはその道を毎日歩いていた。岸壁《がんぺき》に打ちよせる海は、くすんだ緑色。島の浜辺《はまべ》の海よりずっと深い。それでも、見下ろすと、海底の貝や魚の泳いでいるすがたが見えた。ここの魚は、島の桟橋《さんばし》辺りを泳いでいる魚より大きかった。

わたしは小さな図書館も見つけていた。午後になると入っていって、子どもの本の棚《たな》にあるカメの本をパラパラめくってすごしていた。

アンバーが、テーブルの向こうから身を乗りだした。

「今、何考えてる？」

アンバーの声はいつもより大きい。頭の上にかかっているテレビの音が大きいからだ。テレビは天気予報をやっていた。

ウェイトレスがテーブルにやってきた。

「今夜はパスタがおすすめ。すっごくおいしいわよ」

試食したのだろう。袖《そで》とシャツの胸《むね》に、トマトソースがちょっぴりくっついている。

アンバーとわたしはうなずいて、すすめにしたがった。

トマトソースのしみを見たら、メイソンを思いだした。メイソンがいたら、いっしょに海岸を歩きまわるのに。きっとここの海岸も気に入るだろう。犬は岩の上にすわって、海を見ているわたしたちをながめるだろう。思わず胸《むね》に手をあてた。前にも感じた、あの痛《いた》みだ。

「あたしって、ひとところにじっとしてられない質《たち》なんだ」とアンバーがいった。

それ、どういう意味？　何をいおうとしてるの？

わたしたちの頭の上では、テレビの天気予報。

——嵐《あらし》が近づいています——


「あんたに話さなきゃならないことがあるの」

わたしは背筋《せすじ》を正して、うなずいた。

アンバーが手を伸《の》ばして、わたしの手首をやさしくたたく。

「あのとき、あたしに何が起こったのか、知りたいよね？」

わたしは息をのんで、つぎを待った。

「あんたが生まれたとき、あたしは十七歳《さい》だった。あんたはとってもかわいい赤ちゃんでね、そのときから、もう髪《かみ》の毛が赤っぽかった」

頭の上で、ニュースキャスターが嵐《あらし》の予報をがなりたてている。ウェイトレスが料理を運んできて、おきまりのご愛想をいう。

でも、わたしは食べるどころではない。

アンバーが大げさな手ぶりで話をつづけた。

「何をやっても、うまくやれなかった。あんたが泣くでしょ？　どうすれば泣きやむのか、わかんないの。よちよち歩きはじめるでしょ？　するとね、転ぶの。何度も。あたしのせいで」アンバーは肩《かた》をすくめ、いいわけのようにいった。「両親はもう亡《な》くなってて、あたしとコラ姉さんしかいなかったのよ」

途方《とほう》に暮《く》れるアンバーが、目に見えるようだ。

「友だちはみんな、まだ高校にかよってる。そして、あたしは赤《あか》ん坊《ぼう》と家にいて、失敗ばっかり。もう、考えることは、にげだすことだけ。カリフォルニアに行こうとか、女優《じょゆう》になろうとか、と

にかく、なんでもいいから、何か新しい、わくわくすることがしたかった」

テレビがあいかわらずさわぎたてている。

――ハリケーンが来ています。週末は、川のはんらんに注意してください！――

「それに、姉さんなら、きっといいお母さんになるってこともわかってた。しかも、コラは前々から子どもをほしがってたの。いってたのよ、子どもを思いっきりかわいがりたいって。女の子をね。あんたのような」

アンバーが首をふった。

「ずっと、すまないって思ってた。でも、あんたには、あたしよりいいお母さんが必要だったんだよ」

おかしなことに、わたしは初めて、しゃべれなくてよかったと思った。だって、アンバーにいえる？

アンバーが出ていったのが自分のせいじゃなかったとわかって、わたしがどんなにうれしいか！

わたしたちは食べはじめたが、二、三口食べて、どちらもフォークをおいた。アンバーは見るからにつかれきっているし、わたしもくたくただ。

でも、アンバーにいわなくちゃならないことがある。わたしはメモ帳をとりだして、ページいっぱいに学校の絵を描《か》いた。学校の中に入っていく子どもたちも描《か》き入れた。

「アパート？」とアンバーが聞いた。

わたしは絵の上の方に、「学校」と書いた。いくらわたしだって、いつまでも一日じゅう海岸をうろついてるわけにはいかないことぐらい、わかる。この本土の学校に転校しなくちゃならないのだ。

アンバーは、すごくおどろいた顔をした。

「ね？　あたしのアホさかげんがわかるでしょ?!　学校のことなんて、思いもつかなかったよ」

わたしはつい、クックッとわらいだしてしまった。

「きょうは何曜だっけ？　金曜？　そう、金曜よね。この週末も、あたしは仕事なんだ。でも、月曜は休みをとる。だから、月曜からあんたを学校にやれる。新しい旅立ちよ！」

スミス通りを歩いて帰り、その夜は、ふたりとも早めに自分の部屋に引きあげた。

でも、わたしは眠《ねむ》らず、クワーク先生のいったことを考えていた。

「その人のほんとうの価値《かち》やよさがわかるには、その人のことを知らなくちゃならない」

わたしは母さんのことを知ってるだろうか？　いや、まだ知ってるとはいえない。十七歳《さい》のころの母さんは、赤《あか》ん坊《ぼう》の世話のことなんか、まったくわからなかった。そこへ、女の子が、つまり、わたしが生まれた。知ってることといえば、そんなことぐらいだ。

今のアンバーは？　料理はできないし、いつも仕事に遅刻《ちこく》する。わたしの学校のことなんか、いわれるまで思いもつかない。

でも、わたしはそんな母さんを愛してる。そうよね？

ベッドの端《はし》に腰《こし》かけて、窓《まど》の外をながめた。通りには、にぶく光る街灯が並《なら》んでいる。そのずっと上空を、厚い黒雲がとぶように流れていく。雨がパラパラと窓《まど》ガラスをたたいた。

島にいたときは、雨がすきだった。土曜に雨が降《ふ》ると、コラおばさんといっしょにカッパをはおり、夕食の野菜をとりに庭にとびだしたものだ。

レーヒー先生の教室で、窓《まど》ガラスを打つ雨音を聞いているのは、なんだか暖《あたた》かくて心地よかった。クワーク先生の教室は、またちがう雰囲気《ふんいき》だろう。むしろ、もっとずっと楽しいかも。

ギデオンと毎週土曜日に出かけた夜の海の散歩のことも、思いだした。ギデオンの手はがんじょうで、爪《つめ》も厚い。その大きな手が、ロープの結び方や舵《かじ》のとり方を教えてくれた。夕食のテーブルでギデオンが冗談《じょうだん》をいうと、コラおばさんの目が楽しそうに輝《かがや》いた。

そういえば、ギデオンは、わたしのほんとうの気持ちを知らない。

これからは、ギデオンは、わたしのかわりにメイソンを海の散歩につれだすんだろうか？

それは、かまわない。むしろ、うれしいくらいだ。

気にかかっているのは、別のこと。

わたしがしてしまった何か。それが、ずっと心に引っかかっているのだ。

なんだろう？　思いだせない。すごく重大なことだってことだけは、わかっているのに。

24

土曜日、仕事に出かける前、アンバーは玄関《げんかん》のクローゼットをあけて、ごちゃごちゃに入っているものの中から長靴《ながぐつ》を引っ張りだした。

「こっちのはあんた、こっちのはあたし。レインコートは二階のクローゼットにあるから。外に出るときは、気をつけてね」

アンバーがわたしのからだに腕《うで》をまわす。

風と雨足はどんどん強くなっている。

「あんたが本土に来てて、ほんとによかった。島は風がすごいから」

アンバーはわたしをぎゅっと抱《だ》くと、玄関《げんかん》から出ていった。

わたしは二階に上がり、シャツやジーンズでいっぱいのクローゼットから、ハンガーにかかったレインコートをとりだした。長靴《ながぐつ》をはいてみたが、ずいぶん大きい。靴下《くつした》をもう一足はいたが、それでも三センチくらいあまっている。

外に出ると、雨は、バラバラと痛《いた》いほどレインコートのフードにあたり、激《はげ》しく長靴《ながぐつ》をたたいた。道路の縁石《えんせき》のわきを、にごった水がすごい勢いで流れていく。

人っ子ひとり見えない。

わたしは海へ急いだ。沖《おき》の方にフェリーが一隻《せき》、島に帰っていくのが見える。「さよなら」と心の中でささやいた。ギデオンがあの船を操縦《そうじゅう》してるかどうかは、わからなかったけど。

雨の中、岸壁《がんぺき》に沿《そ》ったコンクリートの道をぶらぶら歩いた。道の端《はし》にしゃがんで、岸壁《がんぺき》に打ちつける波を見下ろした。浅い海底で、海藻《かいそう》が大揺《おおゆ》れに揺《ゆ》れている。魚の群れやクラゲも揺《ゆ》れている。海底の砂《すな》さえ、怒《おこ》った波にかきまわされ、渦《うず》を巻《ま》いていた。

そして、そのときだ。

わたしは見た。

いや、見たと思っただけ？

でも、やっぱり、いる。そこに。斑点《はんてん》のあるちょっと青みがかった濃い灰色《はいいろ》の海ガメ、見たこともないほど大きな海ガメが、ぐっと首を伸《の》ばし、四つの脚《あし》ヒレをゆっくりとかいて、泳いでいるのだ。

南へ向かって。

オサガメが！

この辺りにはいないはずだから、どこか知らないところから、どこだか知らないところへ移動しているんだろう。たぶん、家に帰ってるんだ。わたしは首を伸《の》ばし、海面にできるだけ顔を近づけ、岸壁に沿って歩きながら、オサガメを見た。メイソンが、まるで自分のもののように話していたオサガメ、だから、わたしまで、そんな気持ちになっていたオサガメを。

やがて、オサガメは見えなくなった。

ああ、メイソン。

メイソンも、ここにいればよかったのに！

それにしても、こんなところで、わたしは、何をやってるんだろう？

島から離《はな》れて。

島がわたしの故郷《こきょう》なのに。

雨に打たれたまま、わたしは立ちつくした。そして、やっとわかった。昨晩《さくばん》からずっと気になっていたことがなんだったか。

犬だ。わたしは犬に、アンバーがわたしにしたことと同じことをしてしまったのだ。わたしは、犬をおきざりにした。いったい、なんてことをしちゃったんだろう?!

こぶしを口に押《お》しあて、雨に打たれながら海を見つめた。横なぐりの雨が海面にたたきつける。午後の空がみるみる厚い雨雲におおわれ、夜のように暗くなった。

時間はあまりない。さっきのフェリーは一時間以内にもどってくるはず。

船着き場の駐車場《ちゅうしゃじょう》を横切り、家まで走って帰った。ドアをあけ、長靴《ながぐつ》もぬがず、廊下《ろうか》に靴跡《くつあと》をつけながら二階にかけあがった。

メモ帳を一枚やぶりとると、こう書いた。

アンバー、大すきよ。いっしょにいられて、幸せだった。

これは、ほんとうだ。

いつか、またもどってくる。でも、今はもう、島にもどらなくちゃならないの。犬が待ってるから。レインコートと長靴《ながぐつ》、もらっていってもいいよね。

その下に、ハートの絵を描《か》いて、サインした。

ジェイより

ユーノニアの貝殻《かいがら》とメモ帳を、レインコートのポケットの奥《おく》に押《お》しこんだ。ほかにもっていくものをさがす時間はない。

手すりに片手《かたて》をすべらせながら、階段《かいだん》を二段《にだん》とびに下りて、玄関《げんかん》わきの小さなテーブルに書きおきをおくと、外へとびだした。

もう街灯がついていて、フェリーの栈橋《さんばし》まで走るわたしを照らしてくれた。栈橋《さんばし》に着く前に、フェリーの汽笛が鳴った。

駐車場《ちゅうしゃじょう》には、小型トラック一台とワゴン車一台しかとまっていない。こんな天候の中、島に行く人なんて、いったいだれがいる？

わたしだけ。どうしても家に帰りたい、わたしくらいなものだ。

切符《きっぷ》を切る係員もびしょぬれだった。

「ひってえ雨だな」

わたしはだまってうなずいた。

「きみ、島の子だろ?　見たことあるよ。きょうはこれが最後の便だ。もう運航停止にするから」

よかった!　間に合って。

フェリーに乗りこむと、下の階におりていった。仕切りのない広い船室は、大きなガラス窓《まど》に囲まれている。窓際《まどぎわ》にすわり、外を見ようと、曇《くも》ったガラスを手でぬぐった。

オサガメは、今、どの辺を泳いでいるんだろう?

このフェリーと、あのオサガメは似ている。こんな嵐《あらし》の中でも、どっしりと、力強く、同じ速さで進んでいく。わたしは自分のことを考えた。愛する人たちみんなを置きざりにした、わたし。コラおばさんもギデオンも。そして、犬も。とくに犬は、わたしを必要としていたのに。

母さんは、またいつか去っていくだろう。でも、わたしはもう母さんのことを知っている。そんな母さんを理解できる。けれど、わたしは、二度と愛する者から離《はな》れない。絶対に。

ふと、カウフマン先生が以前いったことを思いだした。

「自分自身を理解すれば、楽になるよ」

雨粒《あまつぶ》の流れるガラス窓《まど》に、わたしの顔がうつっている。くにゃくにゃの線で描《か》いたマンガみたいな顔。

島に着いたら、走って家に帰ろう。コラおばさんのところへ。そして、コラおばさんの丸々とした腰《こし》に抱《だ》きつくんだ。

それから、メイソンの家に行こう。わたしが泥《どろ》んこの地面にひざをついて犬を抱《だ》くと、きっと犬はあまえたように鳴いて、わたしの顔にキスする。

メモ帳をとりだし、オサガメを思いだしながら、ていねいに描《か》いた。大きな頭に短い首。翼《つばさ》のような前脚《まえあし》。しっぽは後ろ脚《あし》より短く。

絵の上の方に、題名を書いた。

暖《あたた》かい海へ、故郷《こきょう》へ向かって。

メイソンに見せるのが、待ちきれない。

25

島までの航海は、永遠とさえ思えるほど長かった。それでも、とうとう、雨の向こうから船着き場がせまってきて、フェリーはゴトゴト音を立てながら着岸した。

わたしは桟橋《さんばし》をすべりおり、ぬかるむ道を家に向かってかけだした。激《はげ》しい雨が真正面から顔を打つ。向かい風がわたしを押《お》しもどす。まるで、わたしが家に帰るのをじゃまするみたいに。

雨を両手でかきわけるようにして裏口《うらぐち》から入り、草花がなぎたおされた庭をまわって、やっと玄関《げんかん》にたどりついた。

玄関《げんかん》の外灯はついていなかった。きっと停電になってるんだろう。わたしはドアをあけると、帰ってきたことをコラおばさんに知らせようと、廊下《ろうか》の壁《かべ》を強くたたいた。

だが、屋根を打つ雨音のほか、何も聞こえない。薄暗《うすくら》がりの中、部屋から部屋へ、階段《かいだん》を上り下りしてさがしたが、コラおばさんはどこにもいない。

わたしは台所の椅子《いす》にすわりこんで、レインコートのフードを後ろへ押《お》しやった。髪《かみ》の先からポタポタ肩《かた》に水がたれる。ぬれてちぢれあがった髪《かみ》の毛は、頭にぴったり張りついている。

コラおばさんは、本土に避難《ひなん》したんだろうか？　この島を見捨《みす》てて？

そんなこと、考えられない。

そのとき、ふとひらめいた。

教会だ！　そうだ、こんなときは、みんな教会へ行くはず。だって、教会には発電機があって電気もつくし、暖房設備《だんぼうせつび》もあるんだから。

台所のキッチンペーパーで髪《かみ》をふきながら、ものすごくのどがかわいているのに気づいた。おかしなことだ。今までずっと水の中を通ってきたようなものなのに。

ギデオンが暗誦《あんしょう》していた詩を思いだして、わたしは思わずほほえんだ。

「水、水、水。見渡《みわた》すかぎり青い水。だが、ひとしずくもありゃしない。のどをうるおす真水は」

冷蔵庫《れいぞうこ》をあけても、中は暗い。その一番上の棚《たな》に、くだもののシロップ漬《づ》けが入ったボウルがあった。そうっととりだして、ボウルに口をつけ、わたしは果汁《かじゅう》たっぷりのシロップをゴクゴクと飲みほした。

それから、引きだしをさぐって、スプーンをとりだした。真っ暗でも平気。この台所なら隅《すみ》から隅《すみ》まで知りつくしてるもの。

やっぱり、うちって、こうでなくっちゃ。

もうすぐ、犬とも会える。どうか無事でいますように！

わたしは、ツルンとしたのどごしを味わいながら、ボウルの中の青ブドウ、ブルーベリー、オレンジのスライスをつぎつぎに食べた。

外では、風がうなっている。風というより、だれかがおそろしい声で泣きわめいてるみたい。

でも、わたしは一刻《いっこく》も早く教会に行きたかった。

玄関《げんかん》のドアをあけたとたん、強風に引ったくられ、ドアがバーンと壁《かべ》にたたきつけられた。わたしは風と格闘《かくとう》して、やっとのことでドアを閉《し》めると、道に走り出た。

ほえたてる風に通せんぼされて、ジグザグにしか進めない。

教会に近づくと、赤や青のステンドグラスから、灯りがほのかにもれていた。重たいドアは閉《し》まっていて、とてもわたしの力ではあけられない。でも、だれかが中からあけてくれたので、入口のホールにすべりこめた。

ドアをあけてくれたのは、ソフィーだった。わたしはすぐ、ソフィーの肩《かた》ごしにコラおばさんやギデオンやメイソンのすがたをさがした。

それに、犬。犬はどこ？　まさか外で迷子になってるんじゃ？

信徒席は人でいっぱいで、通路に立っている人もいる。みんなは、コラおばさんのすきな天使の讃美歌《さんびか》を歌っていた。祭壇《さいだん》いっぱいに飾《かざ》られている紅葉《こうよう》した木の枝は、どれもおばさんのお気に入りだ。

ふとソフィーの顔に目をもどすと、あかぎれで荒《あ》れた頬《ほお》が涙《なみだ》でぬれている。

「トラヴィスがいなくなったの。父さんが外にさがしにいってる。いとこたちも。海岸や桟橋《さんばし》やフェリーの船着き場を見てまわってる。母さんはまだ本土の病院。患者《かんじゃ》から離《はな》れられないって」

目に涙《なみだ》をためたまま、ソフィーがつづけた。

「あたしもさがしたのよ。でも、トラヴィスはいっつもあたしからかくれるんだもの」そういうと、ソフィーはわたしの胸《むね》を指さした。「トラヴィスは、あたしよりあんたの方がすきなのよ……」

そんな！　わたしは強く首をふった。

「トラヴィスがいってたんだもん。あんたが姉さんだったらよかったたって。あんたなら、絶対どならないからって」

どなるどころか、しゃべんない子、だものね。

ああ、声が出て、トラヴィスを大声で呼《よ》んでさがせたら、どんなにいいだろう。ほんとうの姉さんみたいに。

ふりかえって、窓《まど》から外を見た。別荘《べっそう》の丘《おか》へくねくねとつづく坂道の登り口が見える。

林の中のあの道は、この強風で木が折れたり枝が落ちてきたりして、ものすごく危険《きけん》だろう。

そう思うと、そらおそろしくさえある。

だけど、わたしはとびだした。降《ふ》りしきる雨の中へ。

曲がりくねった道は知りつくしている。一本一本の木、転がった岩の一個一個にいたるまで。

だって、しゃべんない子は、今までずっとひとりで、この島の隅々《すみずみ》まで歩きまわったんだもの。

登りはじめると、案の定、電線が切れてたれさがり、倒《たお》れた木が道をふさいでいた。泥水《どろみず》が坂道を流れくだって、まるで川みたいだ。

その道にトラヴィスのすがたはなかった。いつも隠《かく》れ家《が》にしている木のかげは、水があふれている。

いったいわたしはなんだって、トラヴィスを見つけだせると思いこんでいたんだろう？

そのとき、はっと思いあたった。別荘《べっそう》の床《ゆか》についていたあの足跡《あしあと》、ひょっとしてトラヴィスの？

わたしは夢中で丘《おか》を登っていった。倒木《とうぼく》をくぐり、手あたりしだいに岩や枝をつかんで障害物《しょうがいぶつ》を乗《の》り越《こ》え、やっと別荘《べっそう》にたどりついた。

中にすべりこんで、ひと息つく。雨が、くずれのこっている屋根を激《はげ》しくたたき、壁《かべ》を伝って流れこんでくる。屋根の落ちた廊下《ろうか》の先は、まさに滝《たき》だ。床《ゆか》はすっかり泥《どろ》におおわれている。

おや？　何か聞こえる。

風や雨の音のあいまに、ぐずるような声が……。

でも、トラヴィスの声じゃない。

犬？

わたしは、ヌルヌルすべる泥《どろ》だらけの廊下《ろうか》を、両手を広げ、壁《かべ》につかまりながら、そろそろと歩いていった。激《はげ》しい鼓動《こどう》に息がつまりそうだ。

どうか、犬がいてくれますように。

いた！　犬が廊下《ろうか》の隅《すみ》に丸くなっている。犬は頭を上げ、のぼり旗のようなしっぽをかすかに動かし、床《ゆか》を打った。大きな黒い目はうれしそうに光っている。

けれど、いつものように、わたしの方へとんでこない。

そのわけは、小さな手だ。ふんわりと指を広げた小さな手が、犬の首に巻《ま》きついているのだ。

犬の後ろにいたのは、トラヴィス。ぐっすりと眠《ねむ》りこんでいる。

ああ、なんて犬だろう！　わたし、この犬から二度と離《はな》れない！

トラヴィスと犬をいっしょに抱《だ》いたまま、しばらくじっとしていた。犬が、わたしの腕《うで》をざらした舌でなめた。トラヴィスが、眠《ねむ》ったまま、わたしの方へよってきた。

犬は、どうやってトラヴィスを見つけたんだろう？

どうして、メイソンといっしょにいなかったんだろう？

でも、そんなことはどうだっていい。とにかく、トラヴィスも犬もここにいたんだから。

けがもなく、無事で！

風がひっきりなしにほえたて、雨が怒《いか》り狂《くる》ったように降《ふ》りすさぶ中、わたしは最高に幸せだった。

犬のからだによりかかると、毛は絹《きぬ》のようになめらかで、大きな背中《せなか》は温かかった。ふさふさしたしっぽが、うれしそうに床《ゆか》を打ちつづけている。

今ごろ、もうアンバーは、わたしの書きおきを見つけて、島に帰ったことを知ったはず。どうか、わたしの気持ち、わかってくれますように。

まぶたが重くなってきた。わたしはほんの少し目をつぶって、昔コラおばさんが寝《ね》る前に歌ってくれた「眠《ねむ》りの精」の歌を思いだしていた。

だが、すぐに、ガバッと身を起こした。

眠《ねむ》っている場合じゃないのだ。

26

とにかく、早くトラヴィスをつれて、ソフィーのもとへもどらなくちゃ。

わたしはトラヴィスの腕《うで》をさすり、顔にかかった髪《かみ》をかきあげてやった。トラヴィスは「ソフィー」とつぶやき、目をあけた。

「あ、しゃべんない子」

思わず顔がほころんだ。わたしは、トラヴィスの手を引っ張って、立たせた。

だが、トラヴィスは、半袖《はんそで》のトレーナーとジーンズすがた。このまま雨の中にだすわけにはいかない。

わたしはレインコートをぬぎ、バサバサ水滴《すいてき》をふりおとすと、トラヴィスのからだに着せかけ、マジックテープでとめてやった。

フードが大きすぎて、顔が半分かくれてしまう。

「ぼく、スーパーマンだ!」トラヴィスが、袖《そで》がたれさがった両腕《りょううで》をさしあげて、うれしそうにさけんだ。

トラヴィスを抱《だ》きよせたわたしの耳に、風のうなりにまじって、遠い雷鳴《らいめい》が聞こえる。でも、おじけづくわけにはいかない。ソフィーが待っている。家族のみんなも必死でさがしまわっているのだ。

わたしはトラヴィスの小さな手をとって、すべる廊下《ろうか》を歩きだした。犬は、ほっと息をついて立ち上がり、胴《どう》ぶるいすると、わたしの横にぴったりとついてきた。

トラヴィスの手を強くにぎりしめて、雨と風の中へ出ていった。トラヴィスの目はフードにかくれて見えないが、口もとはほほえんでいる。

「冒険《ぼうけん》だ」とトラヴィスが前歯のぬけた口でわらった。

冒険《ぼうけん》どころか！　この嵐《あらし》の中、トラヴィスと犬が別荘《べっそう》までたどりつけたのは、まさに奇跡《きせき》だ。

坂を下る途中《とちゅう》、目の前で小さな木がボキッと音を立てて折れた。枝がはねて、繁《しげ》った葉が雨粒《あまつぶ》をふりまいた。道の端《はし》を、泥水《どろみず》が小枝や葉っぱを押《お》し流しながら、小さな濁流《だくりゅう》となってくだっていく。

もしも転んで、トラヴィスの手を放したりしてはたいへんだ。わたしは、ぶかぶかの長靴《ながぐつ》のひと足ひと足を慎重《しんちょう》に運んだ。

風をよけて頭を下げ、わたしたちはなんとか教会の灯りに近づいた。玄関《げんかん》の三段《だん》のステップをのぼり、重い大きなドアを押《お》しあける。

「トラヴィス！」ソフィーがさけんで、トラヴィスをびしょぬれのレインコートの上から抱《だ》きしめた。それから、わたしを見た。

トラヴィスが大きなレインコートをぬぎおとすそばで、ソフィーがいった。

「ほんとに、ほんとにありがとう！　ジュディス」

そのあとソフィーがしゃくりあげながらいったことばを、わたしはやっと聞きとった。

「トラヴィスが、あたしよりあんたをすきなのが、あたし、がまんできなかったの」

わたしはソフィーの腕《うで》にそっとふれて、首をふった。そして、心の中で必死にさけんだ。

「わたし、すっごくうらやましいよ。だって、あなたはトラヴィスのほんとうの姉さんじゃないの！」

でも、きょうはたぶん、そのことがわかったんじゃないかな。トラヴィスがソフィーにぎゅっと抱《だ》きついて、いつまでも離《はな》れなかったから。

犬は、教会の玄関《げんかん》ステップでためらっていた。たぶん、自分は教会に入っちゃいけないと、わかっているんだろう。犬をここに放っておくくらいなら、わたしも犬といっしょにステップにいた方がましだ。首輪をちょっと引いてやると、犬もステップを上がって中に入ってきた。

一番後ろの席にいた女性がふりかえって、ポカンと口をあけている。犬が、教会に？　しかも、女の子はずぶぬれ。水が床《ゆか》にたれているじゃないの？

いた！　コラおばさんとギデオンが、信徒席の向こうの方に。

コラおばさんの両手が、はっと口をおおった。

わたしたちのあいだの通路は人でいっぱいだったが、コラおばさんとギデオンは、なんとかそのすき間をぬって、わたしのところまでやってきた。

ふたりはわたしを抱《だ》き、わたしたち三人は、教会の後ろの壁際《かべぎわ》でしっかりと抱《だ》き合ったまま揺《ゆ》れていた。

犬も仲間に入りたそうに、わたしたちの足のあいだに鼻先をつっこんでくる。そうこうしているうち、教会じゅうの人々が讃美歌《さんびか》を歌いはじめた。

アメイジング・グレイス。

——なんとすばらしい神の恵《めぐ》み、

危険《きけん》と苦しみとわなを乗りこえ、わたしは家にたどりついた——

トラヴィスをさがしにいっていた父親が帰ってきたのだろう。「トラヴィス！」とさけんだきり、大声で泣きだした。

メイソンが、どこからか人々のあいだをくぐりぬけてきて、わたしたちの前に立った。いつものように、だらしない格好で。

そして、犬にささやいた。

「おまえ、いったいどこ行ってたんだよ？」

それから、わたしを見ていった。

「きみもだよ、ジュード。どこ行ってたんだ？」

きっと、そのうち話せる日が来る。でも、今は、わらって肩《かた》をすくめるだけでじゅうぶんだ。

その夜は、みんな教会に泊《と》まった。地下の活動室で横になって休む人もいたが、たいていの人たちは信徒席にすわったまま、少しでも眠《ねむ》ろうと、たがいにもたれあった。わたしたちも並《なら》んで席にすわっていた。犬はわたしの足もとに。コラおばさんとわたしは手をにぎりあって。

つぎの朝、弱々しい光がステンドグラスを通してさしこんでくると、わたしはおばさんの肩《かた》から頭をおこした。

静かだ。

昨夜とは打って変わって、雨は小降《こぶ》りになり、屋根の雨音も聞こえるか聞こえないほど。コラおばさんが身動きした。ギデオンが低くささやいた。でも、ギデオンの張りのある声は、静かな教会にひびきわたった。

「よかった！　嵐《あらし》はすぎたな」

人々は動きだした。もちこんだ手荷物やバッグをまとめ、立ち上がった。いつもの暮《く》らしをとりもどすために。だれかがドアをあけ、ひとり、またひとりと出ていった。

わたしたち三人と犬は、いっしょに歩いて家に帰った。だれの長靴《ながぐつ》にも厚い泥《どろ》が張りついている。犬の毛は、最初に出会ったときと同じように、もじゃもじゃにからまっている。

「ひどいありさま」コラおばさんが、道に落ちているどこかの屋根の切《き》れ端《はし》をまたぎながらいった。

「でも、おれたちは無事ここにいる。とにかく、なんとか切りぬけたんだ」とギデオンがいった。

後ろで、バシャバシャと水たまりをわたる足音がして、メイソンの声がした。

「またな、ジュード。それから、おまえもな」とメイソンは犬にもいった。

犬がふりむいて、メイソンを見る。わたしもふりかえった。

犬は、自分の居場所はわたしのところだとわかっているようだ。それでも、やっぱり、メイソンのことも大すきなのだ。そうメイソンに伝えられたら！

それに、ちゃんといいたい。犬をあずかってくれて、ほんとうにありがとう！と。ソフィーがわたしにいってくれたように。

レインコートのポケットには、大事なメモ帳が入っている。オサガメの絵をメイソンに見せるのが待ち遠しい。南の海の故郷《こきょう》へと帰っていく、オサガメの絵を。

27

「あすは、学校、休みじゃないかしら」とコラおばさんがいった。聞きながら、あくびが出た。まだつかれが残っているのだ。でも、休みだったら、ちょっと残念だな。だって、ユーノニアの貝殻《かいがら》がレインコートのポケットに入ってるもの。クワーク先生に早くあげたい。もってきちゃったけど、アンバーはきっと怒《おこ》ってないと思う。

それにしても、用務員のシローさんは気の毒だ。水の入ったバケツを引きずっていって、嵐《あらし》で泥《どろ》んこになった壁《かべ》や通路をブラシで洗《あら》い流さなくちゃならないんだから。

ギデオンは、本土へ向かうフェリーを操縦《そうじゅう》するために出ていこうとしたが、ふりむいて、お気に入りの詩の一節を朗々《ろうろう》と暗誦《あんしょう》した。

「眠《ねむ》りにつく前に、わたしはまだ何マイルも行かなければならない」

一方、コラおばさんとわたしは、寝《ね》なおすことにした。犬も、わたしの足もとに丸くなって眠《ねむ》ってしまった。

明るい日の光の中、ベッドにもぐりこむのって、みょうな感じだ。

どのくらい眠ったんだろう？　ものすごくおなかがすいて、目が覚めた。コラおばさんが、卵《たまご》とベーコンでスクランブルエッグをつくってくれた。

おばさんが頭をふっていった。

「庭のハーブは全滅《ぜんめつ》。だから、チャイブもバジルも入れられなかった。でも、文句はいわないわ。だって、ジュビリー、あなたがもどってくれたんだもの」

わたしはふんわりしたスクランブルエッグを食べ、リンゴジュースを飲み、ミルク入りのコーヒーもカップに半分飲んだ。そのあいだ、コラおばさんは話しつづけた。

「あなたに会いには行けなかった。あなたがお母さんとすごす時間を、じゃましちゃいけないと思って。アンバーが帰ってきて、わたしはうれしいの。あなたがアンバーといっしょにいたことも、わたし、うれしいの」

わたしはメモ帳をとりだしたが、いいたいことが多すぎて、どう書けばいいのかわからない。

「いいの、わかってる。でも、もう、アンバーは、フェリー一本で行ける距離《きょり》にいるんだもの、いつでも会えるわ」

わたしは椅子《いす》から立って、おばさんのそばへ行った。そして、おばさんの頭にわたしの頭をそっとのせた。何もいう必要はないのだ。おばさんは何もかもわかってるんだから。

でも、わたしはやることがある。壁板《かべいた》をたたいて、出かけることを知らせた。

犬が首を立ててわたしを見たが、またゆっくりと目をつむった。おやすみ！　きっと犬もくたくただろう。

わたしは犬の頭をポンポンとなでて、ひとりで外に出ていった。コラおばさんが後ろから声をかける。

「気をつけてね」

メイソンは桟橋《さんばし》にいた。フェリーが本土に向かっていくのをながめている。Tシャツを着替えなかったんだな。泥《どろ》がついたままだ。

「そろそろ、とりかかんなくちゃな」とメイソンが肩《かた》ごしにわたしにわらいかけた。「調べ学習の発表会まで、あと一週間しかないもんな」

まるで、わたしがいなかったのは、ほんの一日って感じのいい方だ。メイソンが、わたしから目をそらしていった。

「犬は、元気か？」

わたしは、メモ帳の空いているページをさがして、書いた。

メイソン、わたしのいないあいだ、犬をかわいがってくれて、ほんとにありがとう。

でも、わたし、帰ってきちゃって、あなたから犬を……

「いいんだよ」メイソンがわたしのペンをおさえた。「ほんとだよ。きみ、帰ってくるって、わかってたから」

わたしはメモ帳をめくって、例の絵をメイソンの目の前にさしだした。

メイソンはじっと絵を見下ろした。

「オサガメだ。え？　ほんとに？　ほんとに見……？」

わたしはうなずいた。

「ああ、おれがそこにいたらなあ！」メイソンはそこまでいうと、いいなおした。「いや、きみでよかったよ。絵が描《か》けるから」

メイソンは絵をしげしげと見なおした。

「どんなにことばで説明しても、この絵にはかなわないな」そういうメイソンの泥《どろ》だらけの指の跡《あと》が、絵の下にハンコのようにくっきりとついた。

でも、いい。だって、これがメイソンだもの！

それから、メイソンは、二、三か月のあいだにものすごい距離《きょり》を旅したというオサガメの話をした。

「いつか、おれもやるんだ。兄貴《あにき》とおれで。おれたち、遠くへ旅する計画を立ててんだ」

きっと、わたしがよっぽどたまげた顔をしたんだろう。メイソンがいいわけのようにいった。

「おれと兄貴《あにき》、仲がいいときもあるのさ」

わたしたちは図書館まで歩いていった。おどろいたことに、図書館は閉《し》まっていなかった。ぬれた床《ゆか》には、すべらないように新聞紙が敷《し》かれている。来ているのは、わたしたちふたりだけ。あとは、あたふたと歩きまわっている図書館員。窓枠《まどわく》にたまった雨水をふきとったり、ぬれた本に舌打ちしたりしている。

わたしとメイソンは、カメや海の生物についての本をテーブルに山積みにしてすわった。ハリーがかけこんできて、奥《おく》のテーブルに走っていった。腕《うで》いっぱいに動物の本を抱《かか》えている。コナーもすぐ後ろからやってきた。

「ぼくたち、賞をねらってんだ」

そのあと一時間ほど、メイソンとわたしは、古い桟橋《さんばし》近くの岩に群がっていたカニや、そのまわりをバレリーナみたいにゆっくりと泳ぎまわっていたクラゲについて、調べたことを書きあげた。

フェリーの汽笛が聞こえた。ギデオンのフェリーが島にもどってきたのだ。わたしはメイソンの腕《うで》にさわって、窓《まど》の方、海の方を指さした。

「きょうのところは、これでじゅうぶんだな」メイソンが、テーブルの本と紙をかきあつめる。

外に出ると、わたしはひとりで泥《どろ》んこ道を海へと走った。太陽がおだやかな海を照らし、小さな波がダイヤモンドのようにきらめいている。

フェリーが入ってくるのを待ちながら、同じように待っているソフィーとトラヴィスに手をふった。乗客がフェリーから降《お》りてきた。ソフィーの母親がかけよってきて、ソフィーとトラヴィスを抱《だ》きしめた。

わたしは逆に、フェリーへのタラップを登っていった。幸い、切符《きっぷ》を切る係員は見あたらない。デッキに上がると、テーブルや椅子《いす》のあいだを歩きまわり、やっとギデオンの後ろすがたを見つけた。

ギデオンはふりむいて、おどろいた顔をした。が、それはほんのつかのま。すぐに、ギデオンの前に立ったわたしが、こういったから。

「いいよ」

声は小さくて、かすれていた。でも、ギデオンには聞こえたらしい。

ギデオンは大きく両手を広げ、わたしを抱《だ》いた。

「ああ、ピッピ。おお、最高にうれしいよ《ジュビリー》」

わたしはもう一度いった。

「いいよ」

28

木曜。とうとう、その日が来た！　今晩《こんばん》、校長先生と保護者がわたしたちの発表会を見に来るのだ。昼間、クワーク先生はわたしたち生徒といっしょになって、講堂に調べたものを貼《は》ったり、並《なら》べたり、大いそがしだった。

ユーノニアの貝殻《かいがら》は、講堂の前のテーブルにおかれた。

「一生もののプレゼントだわ」と先生がわたしにいった。

家にもどると、わたしとおばさんは大あわてで発表会に行く準備をした。わたしは新しい緑色のワンピースを着た。わたしの目の色、晴れた夏の日の海の色だ。

コラおばさんは、一番よそゆきの青いワンピースを着て部屋から出てくると、かがんでハイヒールに足を押《お》しこんだ。

「きつーい！　足が大きくなっちゃったのね。でも、がんばるわ。今夜は特別な日だもの」と、わたしに向かってウィンクする。

ギデオンが、わたしを見てほほえんだ。

「たしかに、赤い髪《かみ》にその緑はぴったりだな」

わたしたちは学校に急いだ。賞をとるのは、いったいだれの研究だろう？　ハリーとコナーの島の動物についての研究だろうか？　それとも、ソフィーとジェンナのリスについての研究？　ひょっとしたら、アシュトンとマディーかもしれない。ふたりは脚《あし》の長いめずらしい昆虫《こんちゅう》について調べたのだ。

でも、メイソンとわたしにだって、チャンスはある。わたしの描《か》いた絵に説明文をつけてたくさん貼《は》ったが、絵で説明した研究はわたしたちのだけだ。

字のまちがいや、ちょっぴり泥《どろ》がついているのもあるけど、たぶんだれも気にしない。とくにカブトガニの絵のよごれには。だって、わたしはその絵にこんな吹《ふ》きだしをつけたのだ。

「ぼくは乱暴者《らんぼうもの》みたいに見えるけど、ほんとうは心やさしいやつなんだよ」

その絵を指さして、どこかのお父さんがいった。

「こりゃ、おもしろい！」

「楽しい発表ね！」こういったのは、ソフィーのお母さんだ。

メイソンのお兄さんのジェリーもきていて、メイソンの肩《かた》をピシャッとたたいていった。

「やるじゃん！　こんなこと、だれも考えつかないぜ」

いよいよ校長先生が足音も高くステージに上がり、まず、わたしたちみんなをほめた。

「クワーク先生は、この学校に新しい風を吹《ふ》きこんでくれました」そういって、校長先生はクワーク先生にほほえみかけ、あらたまってみんなの方を向いた。

「さあ、では、今から、優勝者《ゆうしょうしゃ》の発表です！」

メイソンとわたしは、たがいの顔も見ず、ひたすら祈《いの》った。

お願い！　わたしたちを選んで！

でも、残念ながら、選ばれたのはわたしたちではなかった。

選ばれたのは、ハリーとコナー。ふたりはハイタッチをしてステージに上がり、メダルをもらった。

校長先生が片手《かたて》を上げ、みんなを注目させた。

「みなさん、もうひとつ、いわなくちゃならないことがあります」

校長先生が、壁《かべ》に貼《は》られたわたしとメイソンの研究の方に歩いていく。

どうしよう?!　字のまちがいが見つかったんだ！　泥《どろ》の指紋《しもん》がついてることも！　それと

も、わたしの絵がいけなかった？

校長先生は、わたしが描《か》いた一枚目の絵を、指でトントンとたたいた。たくさんのカメが倒木《とうぼく》に群がって、日光浴している絵。それを、校長先生は高くあげて、みんなに見せた。それから、オサガメの絵も。

先生は、メイソンの書いた文章を読んだ。

「オサガメは、ちょうど島のフェリーのように、ゆっくり、どっしり、海を移動します。魚の群れは、島のまわりを、まるで矢のようにピュンピュン泳ぎまわっています。みんな、それぞれの旅をしているのです」

校長先生はわたしたちを見た。

「ジュディスとメイソン。心のこもった、すてきな発表をしましたね」

カウフマン先生と目が合った。先生はにこにこわらいながら、うなずいてみせた。

保護者のみんなが拍手《はくしゅ》する中、わたしとメイソンは顔を見合わせた。メイソンも、わたしと同じように、幸せの絶頂《ぜっちょう》なのね？　わたしはメイソンをこづいて、ポケットに入れていた一枚の絵をとりだして見せた。

絵の中のメイソンも、しみのついたTシャツにくしゃくしゃの髪《かみ》。一隻《せき》のフェリーがメイソンの方に向かっている。ゴールデンレトリーバーの子犬をのせて。その子犬の頭の上に吹《ふ》きだしをつけ、わたしはこう書いていた。

「おーい、メイソン！　ぼくたち、仲間だよ」

「この犬、すごくかわいいな」とメイソンがいった。

コラおばさんとギデオンが、わたしたちの方へやってきて、口々にこういった。

「よくやったわねえ！」

「すばらしい研究だったな」

ギデオンが、急にあらたまったようすで、咳払《せきばら》いをした。

「あす、本土から犬を一匹《いっぴき》つれてくることになってる。メイソン、きみにびっくりプレゼントだ。きみの母さんは了承《りょうしょう》ずみだ。兄さんもな」

コラおばさんがつづけた。

「ジュディスが、ぜひそうしてほしいっていったの。絵なら、もうどっさり描《か》いてあるわよ」

メイソンが顔を輝《かがや》かせて、わたしを見た。わたしも最高にうれしい。メイソンはちょっとのあいだだまっていたが、それから、またほほえみながらいった。

「ジュード、きみって、いい友だちだなあ」


そのあと、カフェテリアでクッキーとジュースで打ち上げをした。家に帰ってベッドに入ったころは、夜もかなり遅《おそ》くなっていた。でも、あんまりすばらしい晩《ばん》だったから、つかれも感じなかった。わたしは、自分がギデオンに「いいよ」といえたことを何度も思いだし、ベッドの中でいつまでもほほえんでいた。

きっと、これからは、もっとしゃべれるようになる。だって、何も悪いことしてなかったんだもの。アンバーにも、ソフィーにも。どれも、わたしのせいじゃなかったのだ。

きょうはアンバーがこれなくて、ほんとうに残念だったけど、今度の土日には、うちに来て泊《と》まることになっている。そしたら、そのとき、きょうのことを全部話してあげられる。

この短いあいだに、ほんとにいろんなことが起こった。カウフマン先生なら、きっとこういうだろう。

「ジュディス、きみが起こしたんだよ」

そうなの？　そうだといいけど。

今までのことを全部、どんなふうな絵にして先生に説明しようかと考えているうち、わたしはいつのまにか眠《ねむ》っていた。

29

二日後。わたしは鏡の前でクルクルッとまわった。床《ゆか》までつきそうな花柄《はながら》のスカートがふんわりともちあがった。絹《きぬ》のブラウスもすごく気に入っている。

前の晩《ばん》、夕食のとき、ギデオンはずっと歌いつづけていた。

「あす、いよいよ、幸せがやってくる」

それから、わたしにウィンクして、こういった。

「あすはおれの結婚式《けっこんしき》、つまり、コラにとって一番幸せな日ってわけさ」

ギデオンったら！　いつもわたしたちをわらわせてばっかり。

さあ、そろそろ教会に出かける時間だ。島じゅうからたくさんの人が集まるはず。近所の人、教会の人、ギデオンのフェリーの友だち、わたしのクラスの半分くらいの子、それに、アンバーも。きっと遅《おく》れてくるだろうな。でも、わたしたちは気にしない。

わたしは、コラおばさんの部屋に入った。おばさんの腰《こし》に腕《うで》をまわし、おばさんのつけた香水《こうすい》と、鏡台におかれたブーケのバラのかおりを胸《むね》いっぱいに吸《す》いこんだ。

それから、こうささやいた。

「きょう、わたし、最高《ジュビリー》にしあわせ」

いつも
なにかが
起きてるね

作者のこと

作者のパトリシア・ライリー・ギフさんは、作家活動を始める前、ニューヨーク市ブルックリンで二十年間、小学校の教師をしていました。移民の多い地域《ちいき》の小学校には、英語をしゃべれない子どもや、さまざまな家庭の問題を抱《かか》えている子どもも多く、この作品の主人公のような選択《せんたく》性無言症《せいむごんしょう》の子もいたそうです。言葉にできないまま、不安や怒《いか》りをぶつけてくる子どもたちの心の声に耳を傾《かたむ》けようとし続けたギフさんですが、そんな思い出のひとつをブログに綴《つづ》っています。

「客用の美しいテーブルクロスを広げるたび、思い出すのはスコットのことです。当時、私《わたし》は六年生を担任《たんにん》していました。しかし、最上級生としての誇《ほこ》りを誰《だれ》もが感じられるわけではなく、スコットもおそらく順調な日々を送ってはいなかったのでしょう。しばしば怒《いか》りにかられ、教科書を机《つくえ》にたたきつけて教室を出ていくこともありました。

そんな六年生を、ある種の後悔《こうかい》とともに中学に送り出して迎《むか》えた九月の新学期、台所で仕事をしていると、ドアベルの音。玄関《げんかん》に立っていたのは、スコットです。

『算数がわかんなくて』